METEORA

Garfait

DU MÊME AUTEUR

La série en cinq tomes

Tome 1 — METEORA Trouver sa place entre Ciel et Terre — *Vous étiez prévenus... et pourtant, vous avez accepté le contrat de coaching !*

Tome 2 — METEORA Vicky — *Cela vous a mené à la disparition d'une mère de famille amnésique nommée Vicky.*

Tome 3 — METEORA Séria — *Sophie, gendarme, encouragée par sa tante (Sylvia femme médecine et coache bien être, d'une grande sagesse) à se servir de ses intuitions pour résoudre ses enquêtes, vous a entraîné vers un voyage onirique des plus étranges au cours duquel elle a rencontré l'amour.*

Tome 4 — METEORA Orion — *Ensuite, votre chemin a croisé celui d'un être merveilleux... Orion ! Ce trésor de petit chat ne vous quittera plus.*

Tome 5 — METEORA Garfait — *Une ultime enquête qui vous permettra de placer les dernières pièces du puzzle.*

J. Reclus

METEORA

Garfait

Roman

À toutes celles et ceux qui pensent que tout est possible… continuez de rêver !

« Quel plus beau cadeau que l'amour d'un chat ? »

Charles Dickens.

« Tant qu'on n'a pas aimé un animal, une partie de notre âme reste endormie »

Anatole France.

I

Premier contact

Je marche pieds nus. L'herbe est fraîche et douce. C'est une caresse. J'avance au cœur d'une fine brume. Je distingue à peine les branches qui se courbent sur mon passage et effleurent mon visage. Je frôle du bout de mes doigts les feuillages pour les saluer et les discerner à la fois. La forêt m'appelle. La vie est partout autour de moi, en moi... je la sens vibrer, je l'entends fredonner. Le vent s'infiltre, voluptueux, sous ma chemise et me traverse gentiment. J'ai froid, mais je suis bien. Les arbres murmurent mon prénom. C'est comme un chant, une douce mélodie. Une paréidolie apparait dans le ciel. C'est le visage de Thomas qui se dessine parmi les nuages qui s'effilochent. Il me sourit. Les battements de mon cœur résonnent à la manière d'un tambour chamanique... et je sens... je la sens... elle... elle... petite flamme qui vient vers moi, elle se rapproche lentement.

— *Qui es-tu ? Je sens… tu es… en moi ! Je sens ta chaleur et ta lumière douce. Tu es… oui… je comprends… ton petit cœur bat vite… tu es la vie… n'est-ce pas ? Tu n'as pas peur… je le sens… tu es forte… Tu es énergie… tu es pure. Ton flux circule en moi et m'envahit. Il me transmet ta chaleur et tes pensées. Tu es la vie… Nous fusionnons… Ce bien-être me porte, m'emplit de joie… c'est merveilleux ! tu respires en moi… et… mais… reste encore un peu… ne pars pas… non, reviens !*

— Madame ! Madame ! Réveillez-vous ! Madame ! ça va ?

— Oui… oui ! je crois… Mais…

— Ne vous inquiétez pas. Tout s'est bien passé. Vous êtes en salle de réveil. Votre bébé va bien, assura l'infirmière avec un grand sourire.

— De quoi ? Mon bébé ? Que s'est-il passé ?

— On va vous remonter et vous installer confortablement. Votre mari vous attend.

— Merci, mais…

Thomas patientait dans la chambre. Il se tenait debout, inquiet, près de la porte les mains jointes comme pour prier. Lorsqu'il me vit, il me sourit, s'approcha doucement et posa tendrement un baiser sur mon front.

— Sophie, mon amour, comment tu vas ?

— Thomas, je ne me souviens de rien.

— Mon amour, c'est normal, tu viens à peine de te réveiller de l'anesthésie.

— Explique-moi ! Je ne sais plus !

— Tu es venue ce matin consulter le docteur Merzuik parce que tu étais fatiguée et…

— Oui… oui, ça y est, je me souviens. Elle m'a parlé… elle m'a dit que notre bébé était atteint d'une anémie fœtale. Je pensais que c'était en rapport avec mon anémie et elle m'a expliqué que cela n'avait rien à voir, mais que si l'on n'intervenait pas assez vite, ce pouvait être grave.

— Oui, elle m'a appelé et je suis venu tout de suite, mais tu étais déjà dans la salle d'intervention.

— Elle m'a dit que tu étais là, c'est vrai, je m'en rappelle à présent.

— Dis-moi ! Est-ce que notre bébé souffrait ?

— Oui, il était en danger ! Je me souviens de l'échographie. Le docteur Merzuik m'a expliqué qu'elle allait performer une transfusion intra-utérine. J'avais froid et… je me suis endormie.

— Ça va aller maintenant. Tu vas bien et notre bébé aussi.

— Tu as parlé au médecin ?

— Oui. Elle est passée très vite lorsque tu étais en salle de réveil et elle m'a affirmé qu'elle allait revenir te voir.

— Qu'est-ce qu'elle t'a dit d'autre ?

— Elle m'a confirmé que tout s'était bien passé. Qu'il n'y avait plus aucun problème ! Le bébé a bien réagi à l'intervention.

— Thomas… j'ai eu terriblement peur !

— Je sais… c'est normal. Mais tout va bien à présent. Je vais rester avec vous deux.

— Tu restes ce soir ?

— Oui, mon amour, je ne vous quitte pas.

— Je t'aime.
— Je vous aime tellement.

En disant ces mots, Thomas vint s'allonger à mes côtés. Je savais qu'il avait eu très peur lui aussi, mais qu'il ne voulait pas le montrer.

— Thomas ! Je dois te dire…
— Oui, ma chérie, je t'écoute, mais reste tranquille ! Ne te lève pas !
— Je peux m'assoir, tu sais ! je ne suis pas obligée de rester allongée. Je me sens bien ! Tu n'as pas à t'inquiéter !

Je me sentais pleine d'énergie. Tout mon corps vibrait. Je pensais que cela venait de ma rencontre avec mon bébé. Je ne tenais plus en place.

— Thomas ! j'ai fait la connaissance de notre bébé.
— Comment ça ? Dis-moi ! Que veux-tu dire ?
— Elle est venue à moi. C'était… émouvant, fort, magique… je ne sais comment l'exprimer.
— Tu veux dire que tu as rêvé de notre enfant ?
— Non, crois-moi. Je me suis adressée à son âme, son esprit… je ne sais pas… peut-être par la pensée non… enfin… je suis sûre d'avoir communiqué avec elle. De cela, j'en suis persuadée.
— Elle ? Comment sais-tu que c'est une fille ? Le médecin te l'a dit ?
— Non pas du tout. Ce que je tente de t'expliquer… c'est... qu'elle est venue à moi… en douceur… cette petite fille… c'était comme si… elle

m'avait touchée, frôlé mon esprit… parlé tout bas… comme si elle s'était présentée. C'était merveilleux !

Le père de mon enfant fronça les sourcils et prit affectueusement ma tête entre ses mains.

— Tu dois te reposer maintenant. Tu es fatiguée !

— Mais Thomas… je me sens bien. Tu ne m'écoutes pas ! Ce que j'ai ressenti… cet échange avec notre fille, tu ne te rends pas compte… cela signifie forcément quelque chose d'important ! Ce n'est pas une enfant ordinaire !

Thomas caressa mon visage. Ses yeux brillaient.

— Tu as raison ! Pardonne-moi ! Mais je suis encore un peu bouleversé par ce qui nous arrive. Je ne parviens pas à mettre de l'ordre dans mes pensées. Je me suis fait du souci pour toi et pour le bébé. Je sais que cette enfant sera comme sa mère, un être merveilleux, je n'en doute pas. Ce que tu as expérimenté a dû être fantastique. Je t'envie. Je t'aime tellement et je suis heureux.

Il me prit contre lui et m'embrassa. Puis il s'allongea près de moi. Sa chaleur était réconfortante.

— Je t'aime.

Comment pouvais-je lui en vouloir ? Il avait dû avoir horriblement peur pour nous deux. Et moi…

j'aurais souhaité qu'il comprenne, que dans un moment pareil, dans sa douleur, il puisse imaginer ce que j'avais ressenti. Il y a certaines choses qu'il est impossible de partager, même avec ceux que l'on aime. Ce moment d'intimité que j'avais échangé avec ma fille restera ancré en moi pour toujours. Il nous appartiendra à toutes les deux à la manière d'un secret.

Pendant que je savourais ces instants de bonheur, Thomas s'endormit. Je caressais son front chaud et humide et relevais ses magnifiques boucles d'enfant.

Le docteur Merzuik entra dans la chambre.

— Madame ! Comment allez-vous ?
— Je me sens bien docteur. Je vous remercie.

Thomas se réveilla en sursaut.

— Docteur ! Veuillez m'excuser. Je me suis assoupi. Je suis désolé.
— Ne vous excusez pas, monsieur. Je comprends.
— Docteur, dites-nous… comment...
— Ne vous inquiétez plus. Tout s'est bien passé. Votre épouse va très bien et votre bébé aussi. Nous avons effectué une transfusion, guidée par échographie, par le cordon ombilical.

Mon compagnon interrogea le médecin.

— Docteur, quel était le problème, exactement ?

— Votre enfant souffrait d'une anémie fœtale. En fait, sa concentration de globules rouges et d'hémoglobine qui transportaient l'oxygène vers les organes était plus basse que la normale. Son petit cœur devait travailler si fort qu'il risquait de développer une défaillance cardiaque.

Je demandais :

— Quelle en était la cause ? Est-ce que cela avait un rapport avec mon anémie ?

— Non pas du tout. Il s'agissait d'un problème génétique rare. Mais ne vous inquiétez pas madame, son rythme cardiaque est redevenu normal. Je vous ferai une échographie demain pour vérifier, mais je suis très optimiste. Ce soir, reposez-vous !

— Merci docteur.

— À demain. Passez une bonne soirée. Vous restez avec votre épouse, ce soir, monsieur ?

— Oui docteur, je dois juste m'absenter un court instant et je reviens !

— Très bien. Je vous dis à demain, alors !

— Bonsoir docteur.

— Bonsoir docteur, encore merci.

— Thomas, tu vas t'occuper de Lola et Orion ?

— Oui ! je vais aller les nourrir, sortir Lola et je reviendrai après. Je peux te laisser seule ?

— Tu peux y aller mon amour ! Je ne suis pas seule ! et dis-leur de ma part que je les aime et… n'oublie pas… remercie Orion.

— Orion ? Pourquoi ?

— Eh bien, c'est lui qui m'a alertée pour le bébé.

— Explique-moi. Tu ne m'avais encore rien dit.

— Je suis désolée. Je ne souhaitais pas t'inquiéter inutilement. Et puis, j'ai pensé que je me faisais des idées.

— Sophie, que veux-tu dire ?

— Voilà… depuis quelques jours, Orion avait une façon particulière de me considérer. Il surveillait mon ventre. En fait, il l'examinait à la manière d'un spécialiste et je crois même l'avoir vu froncer les sourcils.

— C'est étrange pour un chat ! Tu ne trouves pas ? Je sais bien qu'il est spécial ! Mais… quand même !

— Oui, je suis bien d'accord. Je me disais que c'était mignon et je ne l'ai pas pris au sérieux. Mais j'en ai parlé à ma tante.

— Et que t'a-t-elle dit ?

— Que je devais consulter mon médecin !

— Je comprends à présent. Ce chat est formidable !

— Fais-lui un gros câlin de ma part.

— Compte sur moi !

On toqua à la porte à ce moment-là. Je reconnus la voix de ma tante.

— Coucou, puis-je entrer ?

— Oui, oui, viens, entre tante Sylvia !

— Ma chérie, comment vas-tu ? Et le bébé ? Thomas ? Ça va ? Tout le monde va bien ?

— Je vais bien, je te remercie. Il… enfin, je veux dire... elle va très bien.

— Une petite fille !

— Oui ma tante et une incroyable petite fille. Elle m'a contactée. C'était merveilleux.

— Doucement… calme-toi ! Ma chérie. Raconte-moi !

J'étais si heureuse de pouvoir révéler à ma tante, ce que j'avais vécu.

Je fis le récit de ce que j'avais ressenti lors de ce premier contact. Et comme je m'y attendais, au lieu d'être surprise, elle fut enchantée.

— Ma chérie, c'est merveilleux !

— Oui, c'était magique ! Je pense que cette enfant est spéciale.

— Elle l'est assurément, je n'en doute pas.

— C'était tellement… fort… et apaisant à la fois. J'ai eu la sensation qu'une énergie pure m'envahissait !

— Il faut te reposer à présent.

Ma tante et Thomas partis, je suis restée seule. Enfin pas tout à fait ! « Elle » était avec moi, en moi. J'étais à l'écoute. Je ne cessais de sourire. J'étais heureuse. J'espérais un signe. Mais rien ne vint. Pourtant je savais qu'elle était là et cela me suffit.

Quarante-huit heures plus tard, j'eus l'autorisation de rentrer chez moi. Afin de mener à bien ma grossesse, je ne repris pas le travail immédiatement. Orion restait à mes côtés nuit et jour, et il n'avait pas l'air inquiet. Après ce qu'il avait fait pour mon bébé, je lui faisais davantage confiance. Je l'observais. Il était détendu. Il ronronnait et me réclamait des câlins. Ce qui avait pour effet de m'apaiser.

Le docteur Merzuik qui me suivait était à la fois satisfaite et étonnée. J'étais en pleine forme et le bébé, selon ses propres termes, était « superbe et ne présentait aucun problème ». Tout se présentait bien.

Thomas s'occupait de tout. Il faisait le ménage, les courses et semblait épanoui. De plus, son travail à la galerie lui plaisait énormément. Les jours, les semaines passaient et le terme approchait.

Une nuit, je fis un rêve : je marchais dans une petite ville bien arborée. Au bout d'une allée dominait une charmante maison provençale. Le portail en fer forgé sur lequel glissait majestueusement un bougainvillier rouge était ouvert. J'aperçus soudain une petite fille. Orion était à ses côtés. Elle me faisait signe… ses petits bras s'agitaient et j'entendais sa voix. Elle m'appelait… oui, elle m'appelait. Je crois bien qu'elle m'appelait « maman… viens maman ! ». Et… elle disait « c'est notre maison ». J'avançais lentement. Mon cœur battait la chamade. Curieusement, son visage ne m'apparaissait pas de plus en plus clair comme j'espérais au fur et à mesure de mon approche. La façade en pierre était… simple, mais chaleureuse. Le petit chat portait un collier avec un pendentif doré sur lequel était inscrit à l'encre noire « 65A ».

À mon réveil, Thomas était déjà parti travailler.

J'ouvris les yeux. Orion me fixait. Il s'approcha en ronronnant.

— Bonjour, Orion ! Tu sais de quoi j'ai rêvé, n'est-ce pas ?

Ce merveilleux matou vint se blottir contre moi. Puis comme pour répondre par l'affirmative, il leva la tête, plongea ses beaux yeux d'or dans les miens et frotta en douceur son museau contre mon visage. Son poil velouté eut l'effet d'une caresse. Lola nous rejoignit. Elle se coucha le long de ma jambe.

Apaisée par tant de tendresse, je me rendormis profondément.

— Sophie ? Sophie ?

La voix de ma tante résonnait. Elle m'appelait.

— Tante Sylvia ? C'est toi ?

— Oui ma chérie, c'est moi. Tu vas bien ?

— Oui, très bien. Ne t'inquiète pas. Je me reposais avec Orion et Lola. Ils sont mignons, ils prennent soin de moi. Je suis contente de t'entendre. Mais que fais-tu là ? Comment es-tu entrée ?

— Je suis venue te chercher.

— Me chercher ? Mais pour aller où ? Encore un de tes mystères ?

— Viens avec moi. Viens… lève-toi. Allons dans la forêt. Tu veux bien ?

— Mais je… je ne suis pas habillée. Je… ne peux pas !

— Tu es très bien comme tu es. Viens ! Suis-moi ! Tu entends ?

— Oui ! Qu'est-ce que c'est ? Qu'est-ce qu'on entend ?

— Un tambour, ma chérie. C'est un tambour chamanique.

— J'ai déjà entendu ce tambour. Où sommes-nous ? Tante Sylvia ? Qui sont ces gens ?

— Ces gens sont des chamanes. Ils sont venus pour accueillir ton enfant.

— Pourquoi ? Je ne comprends pas. Pour mon bébé ?

— Certains viennent de très loin. Ton enfant est spéciale, Sophie. Tu dois le savoir.

— Que veux-tu dire ?

— Approche. Ne crains rien !

— Tante Sylvia ? Où es-tu ?

Ma tante disparut. Je me retrouvais seule dans la forêt. Au loin, un appel… un son… des battements d'abord à peine perceptibles… puis de plus en plus forts. Le son d'un tambour. Des personnes d'origines différentes arrivèrent depuis un chemin sombre. Elles apparurent, devrais-je dire. Je pus distinguer un homme très grand de type africain, le corps recouvert de motifs colorés, puis un autre, Asiatique, un

Amérindien, des hommes et des femmes parés de coiffes en plumes. Certains étaient vêtus de costumes foisonnants aux couleurs chatoyantes, de formes virevoltantes, de cliquetis et de fracas. Un homme portait des cornes d'élan sur sa tête. Au bout de quelques minutes, une douzaine de personnes était disposée en demi-cercle. Un grand feu crépitait gentiment. Le son du tambour était si profond que je me sentais comme envoutée. Tous mes organes vibraient. J'étais attirée. J'approchais lentement et pris place face au demi-cercle ainsi formé. Une femme jouait du tambour, un magnifique loup blanc était couché à ses pieds. Les visages se dévoilaient progressivement à la clarté des flammes. Leurs yeux dirigés vers moi brillèrent soudainement d'un éclat stupéfiant par un unique rayon de lune qui parvint à percer un amas de nuages.

Le ciel étoilé se mit à tourner de plus en plus vite. Le loup se leva et vint vers moi. Il se courba comme pour me saluer et posa doucement son museau sur mon ventre. Je ne ressentis pas la peur. Ses yeux, deux pierres de lune à la surface desquelles de la lumière argenté à blanc-bleuâtre dansait comme par magie, me fixèrent un instant. Puis il les ferma et partit en reculant d'un pas lent.

Tandis que les battements du tambour devinrent de plus en plus puissants, les chamanes se levèrent et se mirent à danser autour de moi. Chacun leur tour, ils vinrent poser une main, tout doucement, à plat sur mon ventre en prononçant le mot… ou était-ce le prénom « Ayiana » ? Les mains jointes pour certains, tête baissée pour d'autres, ils me saluèrent avant de disparaitre dans la forêt. Petit à petit le son s'éloigna puis se tut.

Le feu, la lune et les étoiles, tout ce décor incroyable s'effaça à l'apparition d'un épais brouillard.

À nouveau, je me retrouvais seule dans l'obscurité de la forêt. Mais cela ne m'inquiéta nullement. Je restais ainsi à réfléchir, à me questionner. Que venait-il de se passer ?

Très vite, la fatigue me gagna. Je ressentis le besoin de m'allonger sur l'herbe douce et accueillante.

— Sophie ? Sophie ? Ma chérie !

Mon bien aimé se tenait au-dessus de moi.

— Hum ? Thomas ?
— Mon amour. Tu dormais ? Tu es souffrante ?
— Oh ! Thomas, tu es rentré ? demandais-je en ouvrant les yeux.
— Oui, je suis là ! tu vas bien ?
— Oui, ça va ! j'ai fait un rêve très étrange. Mais quelle heure est-il ? Je crois que j'ai dormi toute la journée. Tante Sylvia est encore là !
— Non pourquoi ? Elle est venue te rendre visite ?
— Je croyais que… mais quelle heure est-il ?

— Il est 19 h, mon amour.

— Thomas, je sais que… notre enfant est spéciale. J'en suis persuadée à présent.

— Je n'en doute pas mon amour. Je l'ai toujours su. Comment pourrait-il en être autrement ? Sa mère est une fée ! Une merveilleuse fée !

— Non, mais, je veux dire… vraiment spéciale. J'ai rêvé… Oh, mon amour… tu ne vas pas me croire !

— Pourquoi dis-tu cela ?

— C'était… comment dire ?... Si insolite !

Thomas s'assit à mes côtés. Orion et Lola vinrent se blottir tendrement contre lui.

— Nous allons passer à table. Tu me raconteras tout et je t'écouterai attentivement. Je t'aime ! Je vais te préparer un bon repas. J'ai fait quelques courses. Je vais te bichonner, car tu as besoin de reprendre des forces.

— Je t'aime aussi.

Après le diner, je fis le récit de mon rêve. Il fut attentif comme il avait promis. J'étais fatiguée, mais sans doute trop exaltée à tel point que les mots s'entrechoquaient. Ce n'était pas la première fois que mon compagnon entendait une histoire quelque peu loufoque de ma part. Je me souvins de mon retour de Nice, de mon voyage onirique. J'avais dû lui raconter, alors qu'il venait de me rencontrer, que je l'avais connu dans un rêve en retournant au mois de juillet de l'année 1990, car j'avais une mission à accomplir. Je devais réparer quelque chose qui s'était produit à cette époque. Je m'étais mis en tête de sauver une enfant de l'abandon. J'espérais modifier son destin. Cela faisait partie d'une de mes enquêtes. Ensuite, je lui avais donné des détails sur notre relation. Et pour finir lors de cette incroyable remontée dans le temps, je lui ai confié que j'avais rencontré son père âgé de 25 ans à peine. Et il m'a cru ! Bon ! Il avait fallu un peu de temps… certes, mais il avait été formidable. Il est formidable. Je l'aime tellement !

Maintenant, je tentais de le convaincre que notre enfant était une sorte « d'élue » que des chamanes étaient venus pour l'accueillir avant sa naissance. Je voyais bien que les danses, les chamanes et le magnifique loup blanc aux yeux « pierre de Lune » ne pouvaient être pour lui que le résultat d'une grande fatigue donnant lieu à des hallucinations. Comment pouvais-je lui en vouloir ?

— Des chamanes ?

— Oui Thomas !

— Un loup blanc aux yeux... comment tu dis déjà ?

— Oui ! Aux yeux « pierre de Lune » !

— C'est comment… une « pierre de Lune » ?

— Ne te moque pas de moi !

— Pas du tout ! mon amour ! Je veux comprendre ! Alors, explique-moi !

— La pierre de Lune est incolore, mais on aperçoit des reflets blanc et bleu selon son exposition.

— Comment connais-tu cette pierre ?

— Lorsque j'étais enfant, ma tante m'avait amenée dans un salon où étaient exposés des minéraux, des fossiles et des pierres précieuses. Je me souviens de la pierre de Lune. J'étais fascinée. Lorsque j'ai vu ce loup, j'y ai pensé immédiatement.

— Ta tante était aussi dans ton rêve ?

— Oui, c'est elle qui m'a conduite dans la forêt.

— Et tu dis que les chamanes sont venus pour notre enfant ?

— Je te dis que notre enfant est spéciale. Ils sont venus pour elle. Et son prénom est « Ayiana » !

— C'est joli.

— Mon amour ! C'est le prénom que ces gens lui ont donné ! Tu ne me crois pas, n'est-ce pas ? Je le vois bien !

— Mais oui, pour sûr, je te crois ! Tu as fait un rêve et tu penses que des chamanes sont venus pour notre fille.

— Oui Thomas, oui ! c'est bien ce que j'essaie de t'expliquer.

— Mais pourquoi notre fille ? Pourquoi des chamanes ?

— Je ne sais pas. Oh, Thomas… Excuse-moi ! Tu dois me prendre pour une démente !

— Non, ce n'est pas possible. Je t'aime tellement. Tu es la femme la plus sensée que je connaisse. Tu as sans doute raison. Notre fille doit être spéciale. Je suis avec toi. Nous avons vécu beaucoup de choses ensemble et je n'ai aucune raison de douter de toi.

— Merci, mon amour.

La nuit suivante, j'étais impatiente de rêver à nouveau, mais ce ne fut pas le cas.

II

Fleur éternelle

Ayiana est née le samedi 23 avril 2039 à 23 h. Jour de nouvelle lune. Elle était magnifique. Son regard perçant bouleversa les personnes présentes. Elle n'a pas crié, mais elle a fait une petite grimace suivie d'un sourire adressé à son père en prenant sa première inspiration. Nous, en revanche, avons versé des larmes ! Comme la plupart des parents, je présume. Ses yeux brillaient. Leur couleur ? Comment dire ? Ils étaient gris, translucides à l'instar de l'eau de la rivière. Son teint était « doré ». À tel point que les sages-femmes crurent à une jaunisse. Elles tentèrent un traitement de luminothérapie. Sans succès. Sa peau était ainsi. Une belle teinte dorée. Et d'une douceur incomparable. Ses fins cheveux roux avaient l'éclat et la brillance du miel de tilleul.

De retour à l'appartement, à l'instant où nous avons déposé notre petit ange dans son berceau, Orion s'approcha tout doucement. Ayiana s'était endormie dans la voiture et lorsqu'elle sentit sa présence, elle ouvrit les yeux, se tourna vers lui, lui sourit et lui tendit sa petite main. Il eut alors une réaction étonnante. Il se mit en position de soumission, se baissa et lui lécha la main. Est-ce que je peux dire qu'il se prosterna ?

Cette enfant n'avait que trois jours, mais elle avait dans le regard et dans son comportement une telle maturité ! C'était frappant. Peut-être était-ce moi, sa mère, qui étais tout simplement « impressionnée » ! Mes rêves m'influençaient sans doute au point que je lui attribuais des « capacités ». Elle était merveilleuse, magnifique, magique… Mais tous les bébés ne le sont-ils pas aux yeux de leurs parents ? Thomas était sous le charme. Je le trouvais changé. Il était devenu « père ».

Lola vint à son tour l'accueillir. Elle frétillait. Elle était joyeuse et courait partout. Alors Orion la rejoignait pour jouer. On aurait dit qu'ils festoyaient. Ils étaient euphoriques.

Nous étions fiers et si heureux. Ma tante, mes parents et Vincent, le frère de Thomas venaient la voir souvent. Les cadeaux envahissaient l'appartement. C'était l'effervescence.

Ayiana était une enfant très calme. Elle ne versait des larmes que rarement. Elle souriait la plupart du temps. Sa santé était parfaite. Son pédiatre ainsi que l'obstétricienne n'en revenaient pas. Elle se développait merveilleusement bien. Malgré tout, nous ne pouvions nous empêcher de penser à l'intervention. Nous nous demandions souvent s'il y avait une possibilité qu'il demeure des séquelles du problème antérieur à sa naissance. Mais le docteur Merzuik avait fait tous les examens et rien n'apparaissait.

Tante Sylvia restait persuadée qu'elle était « spéciale ». Elle nous apprit que son prénom, d'origine Nord amérindien signifiait « Fleur éternelle ».

Bien sûr, je lui avais raconté tous mes songes. Elle venait souvent la voir et me faisait remarquer le moindre détail ou comportement afin de me prouver la justesse de ses convictions quant aux capacités hors du commun de mon enfant. Elle la trouvait « éveillée pour son âge », « très intelligente », « en avance », etc.

J'avais obtenu un congé de maternité d'une durée de 3 mois. Ensuite, mes parents et tante Sylvia avaient pris le relais. Pour la crèche, nous voulions attendre un peu. Ayiana grandissait entourée de beaucoup d'amour. Mais surtout, un être bienveillant ne la quittait jamais. Il l'écoutait respirer. Orion n'avait d'yeux que pour elle. Et elle… n'avait d'yeux que pour lui. Ils étaient inséparables. Il la suivait, elle le suivait. Ils marchaient côte à côte. Elle avait toujours une petite main sur lui. Et s'il n'était pas dans son champ de vision, elle demandait après lui. « Orion » était le premier mot qu'elle avait su prononcer.

Ce fut un problème lorsque nous l'avons inscrite au jardin d'enfants. Elle avait presque deux ans. Nous avons dû expliquer à son compagnon qu'il n'était pas le bienvenu dans l'établissement. Ainsi après avoir accompagné Ayiana jusqu'à l'entrée, il s'était résigné à patienter devant la porte. Toute la journée, parfois couché, parfois debout sous une fenêtre essayant d'apercevoir la petite, il attendait sagement. Le personnel touché par ce comportement sortait parfois lui porter de l'eau et un peu de nourriture qu'il se refusait à ingérer. Tel un garde du corps, digne et fier d'une mission qui lui avait été confiée, il restait sur ses gardes. Rien ne devait le distraire. Il était imperturbable.

Lorsqu'elle fut scolarisée, nous fûmes confrontés au même problème. Mais le félin était inlassable. Il prenait son rôle très au sérieux. Il pouvait aussi s'armer de patience pendant qu'elle jouait avec ses camarades. Il savait être très discret. Il n'était jamais loin. Dans un arbre, il guettait. Sous un feuillage, derrière une poubelle, son camouflage était parfait. La petite savait qu'il était là. Visible ou invisible, il la protégeait.

C'était même plus que cela. Nous savions qu'Orion était un animal exceptionnel. Nous en avions eu la preuve maintes fois. Mais à les voir tous les deux… nous nous sommes rendu compte très rapidement que la communication s'était établie bien avant qu'Ayiana puisse échanger des mots avec nous. Il arrivait qu'Orion aille chercher des objets et les rapporte à la petite, encore dans son berceau. Ou bien qu'il fasse le lien entre elle et nous. Il semblait aussi comprendre la raison de ses sanglots. C'était évident, ils communiquaient par télépathie.

Plus tard, lorsqu'Ayiana sut s'exprimer, avec nous les humains, elle parlait de temps à autre à Orion à voix haute. Quoique celui-ci ne paraissait pas avoir besoin de ce moyen de verbalisation, selon ma tante, elle utilisait ce procédé pour que nous ne soyons pas mis à l'écart de la conversation. Par respect pour nous, en quelque sorte par politesse. Un jour, à l'occasion d'un déjeuner, elle lui dit :

— Orion, nous allons bientôt déménager. Tu vas voir, ça va être génial. Tu vas pouvoir t'amuser dans les arbres comme lorsque nous allons chez tante Sylvia.

Le chat semblait satisfait. Quant à nous, nous étions étonnés puisque nous n'avions toujours pas trouvé de maison. Ayiana venait d'avoir 6 ans et nous nous sentions vraiment à l'étroit dans notre appartement. J'interrogeais alors ma fille.

— Ma chérie, comment sais-tu que nous allons déménager ?
— Je le sais, maman. Nous allons bientôt vivre dans la jolie maison de ton rêve.

Comme souvent, Ayiana ne donnait pas beaucoup de détails. Elle nous souriait et nous entourait de ses petits bras. Nous étions comblés. Cela était amplement suffisant.

À l'école primaire, Ayiana était une très bonne élève. Elle recevait régulièrement les félicitations de ses professeurs. Tout lui paraissait intéressant. Elle voulait tout apprendre. Elle était aussi populaire auprès des enfants. Thomas lui fit découvrir la bibliothèque municipale. Une fois inscrite, elle empruntait des livres sur tous les sujets.

Une semaine après qu'Ayiana annonça à Orion que nous allions déménager, un des nombreux courtiers auquel nous avions laissé nos coordonnées nous contacta. Il voulait nous rencontrer.

Il nous donna rendez-vous dans les hauteurs de Nice dans un quartier résidentiel verdoyant. C'était un samedi matin. Ayiana et Orion étaient avec nous. Ils étaient très excités. Nous n'avions que peu d'informations sur la propriété. L'agent immobilier nous avait communiqué l'adresse en nous précisant que le bien correspondait à peu de choses près à tous nos critères. Nous avions rempli tellement de formulaires et contacté tellement d'agences en 7 ans qu'au bout du compte nous avions presque abandonné l'idée d'habiter une maison individuelle.

Nous avons donc suivi les indications de l'agent immobilier.

Nous étions curieux, mais pas aussi enthousiastes que notre fille et son compère. Le quartier nous paraissait un peu trop « bourgeois ».

— Thomas, tu es sûr que c'est par là ?

— Oui, ma chérie. Regarde ! Il est écrit « collée au parc des Arènes et au monastère de Cimiez ». C'est bien ici le n° 65 A ?

— Je crois que tu as raison. Nous y sommes. Ce doit être celle-ci. « Située dans une impasse et au calme absolu. Charmante maison individuelle à rénover, nichée dans un écrin de verdure et bâtie sur un terrain de 700 m² ».

Lorsque nous nous sommes approchés, Ayiana sautilla sur la banquette de la voiture et poussa un cri.

— Oui ! C'est notre maison, je la reconnais !

— Attends, ma chérie. Nous allons d'abord la visiter. Et si elle nous convient, il faudra aussi voir si elle n'est pas trop chère pour nous.

Alors que je répondais à ma fille, soudain il me revint les images d'un rêve que j'avais fait tandis que j'étais enceinte et dans lequel, une enfant se tenait devant l'entrée d'une propriété. Elle m'appelait et me disait « c'est notre maison ». Je ne pouvais pas affirmer que c'était exactement celle-ci. Je ne m'en souvenais pas très bien. Mais le numéro « 65A »… Il évoquait quelque chose, mais… quoi ? C'était il y a si longtemps !

Elle était parfaite. Un double séjour, une belle terrasse exposée plein sud, une cuisine indépendante, une chambre de maître, avec sa salle de bain privative, à l'étage trois autres chambres lumineuses et deux salles de douche. Une dépendance de 20 m² et la possibilité de construire une piscine. Des stationnements pour plusieurs véhicules. Une façade en pierres de Fontvieille. Un grand jardin bien arboré. Quant à son prix que je craignais trop élevé pour notre budget, il était abordable et se justifiait par le fait que, laissée à l'abandon par les anciens propriétaires depuis plusieurs années, la bâtisse nécessitait des travaux de rénovation afin d'accueillir une famille. Thomas était ravi, car il allait pouvoir exercer ses talents d'architecte-décorateur !

Ayiana et Orion manifestaient leur joie en courant dans tous les sens. Le petit félin faisait des cabrioles, se roulait dans l'herbe sauvage, grimpait aux arbres. On pouvait penser qu'il faisait « le clown » juste pour elle. Mais est-ce que les chats font ça ? Ayiana riait. Les rires d'enfant sont si agréables à entendre !

III

Éléna

Nous avons emménagé très rapidement. La vie était douce. Ayiana s'était fait une nouvelle amie. Elle habitait à deux pas. C'est Orion, le premier qui la vit. Il attira Ayiana vers la fenêtre. La petite voisine vêtue d'une blouse blanche brodée de couleurs vives fit un signe timide de la main au petit chat. Un sourire illumina son visage menu et trop clair, bordé d'une frange noir de jais, lorsque la frimousse dorée de notre fille apparut.

Un jour, Ayiana fut invitée à venir jouer chez la petite voisine. Elle aurait aimé s'y rendre toute seule, mais nous pensions qu'elle était trop jeune. Elle insista, prétextant qu'elle ne risquait rien avec Orion et Lola. Mais Thomas l'accompagna, et sur les instructions de sa fille, il devait restait à la porte, saluer la maman et revenir la chercher plus tard. Orion et Lola étaient acceptés. Nous étions enchantés que notre fille ait une amie. Nous avions un peu peur que sa passion pour les livres, les animaux et la nature ne l'éloigne des occupations « normales » des enfants de son âge.

Nous avons souhaité faire plus ample connaissance avec nos nouvelles voisines. Ainsi nous les avons invitées à diner. Pour dire vrai, nous étions curieux. Nous voulions observer le comportement d'Ayiana.

Les petites s'entendaient à merveille. Elles avaient l'air heureuses de passer la soirée ensemble. La maman d'Éléna, Ozana nous confia que la solitude lui pesait et que cela lui faisait du bien de voir sa fille s'amuser autant avec Ayiana. Originaire de Roumanie et veuve depuis deux ans, Ozana se sentait un peu perdue. Son époux, décédé brutalement d'un cancer alors que la famille venait à peine de s'installer dans une superbe maison, devenue à présent trop grande pour elle et sa fille. Elle nous était reconnaissante pour ses instants passés en notre compagnie.

Nous avons proposé que les enfants viennent jouer chez nous, aussi, de temps en temps. Pendant plusieurs mois, Ayiana conduite par Thomas, Orion et Lola se rendait chez Éléna, et la fois suivante, c'était Éléna qui venait chez nous accompagnée par sa maman. Afin de passer un peu de temps avec Ozana et les filles, un mercredi après-midi, alors que c'était le tour d'Éléna de venir chez nous, j'avais posé ma demi-journée de congé. Et pour que tout soit parfait, j'avais confectionné des cookies aux pépites de chocolat au lait, les préférés d'Ayiana. Mais, ce jour-là, ma fille avait un comportement curieux. De toute évidence, elle ne semblait pas attendre son amie. Elle s'occupait à ses devoirs.

Ne voyant pas arriver nos voisines, je l'interrogeais.

— Ma chérie, il est tard et elles ne sont toujours pas là. Est-ce qu'Éléna t'a dit quelque chose ?
— Non mamounette. Peut-être qu'elle a changé d'avis et qu'elle ne souhaite plus venir.
— Comme ça ? Sans rien dire ?
— Je ne sais pas, moi !
— Tu veux bien l'appeler ?
— Je ne veux pas la déranger. Si elle n'a plus envie de jouer, ce n'est pas grave.
— Vous vous êtes disputées ?
— Mais non maman ! Pas du tout !

Devant la réaction d'Ayiana, je n'ai pas insisté. Nous avons gouté et joué toutes les deux.

Les jours suivants, Ayiana ne demandait plus à se rendre chez son amie. Elle ne parlait plus non plus de l'inviter. Thomas aspira à en savoir plus.

— Ayiana, il se passe quelque chose avec ton Éléna ?
— Que veux-tu savoir, mon papounet ?
— Pourquoi ne vient-elle plus chez nous ? Et toi, tu ne vas plus chez elle ? Ce n'est plus ton amie ?
— Je ne sais pas.
— Tu ne sais pas, ou tu ne veux pas nous dire ?

— Je ne peux pas, car je ne sais pas.

— Thomas, je pense que nous devrions contacter Ozana et prendre de leurs nouvelles.

— Tu as raison Sophie. Elles ont peut-être besoin d'aide.

— Je les appelle !

Je composai le numéro du domicile d'Ozana. Personne ne répondit.

— Elles ne sont pas à la maison !

— Essaie le portable d'Ozana !

Mais en appelant sur le portable d'Ozana, je fus dirigée sur le répondeur. Nous étions inquiets. Seule notre fille paraissait sereine. Elle était plongée dans un livre, dans sa chambre. Orion et Lola, endormis sagement sur son lit.

Le lendemain matin au poste, le capitaine Martigue me convoqua.

— Lieutenant Halbasque, entrez et asseyez-vous !

— Bonjour, mon Capitaine ! Que se passe-t-il ? Qu'est-ce qu'il ne va pas ?

— J'ai… quelque chose de très déplaisant à vous dire.

— En effet, j'en ai bien l'impression. Dites-moi !

— Une personne est venue, très tôt, ce matin afin de déposer une plainte.

— Contre moi ?

— Eh bien ! En quelque sorte, oui !

— Capitaine, allez-y, dites-moi. De quoi s'agit-il ?

— Il est question de votre fille et c'est très grave ! Voyez-vous ?

— Ayiana ? Pourquoi ?

— Madame Ozana Merbergue ! C'est quelqu'un que vous connaissez ?

— Oui ! Évidemment ! C'est ma voisine. Nous nous fréquentons, car nos filles sont amies. Pourquoi me parlez-vous d'elle ? Que s'est-il passé ?

— C'est cette personne qui a déposé une plainte contre votre petite !

— Ozana ? Pour quelle raison ?

— Mise en danger de la vie d'autrui. Elle a voulu la tuer !

— Pardon ? Mais que dites-vous ?

À ces mots, j'eus la sensation que mon cœur allait exploser. Ma fille ne pouvait avoir commis un tel acte. Ce n'était pas possible ! Je me levai brusquement, convaincue de son innocence, je savais que je la défendrais corps et âme.

— Calmez-vous Lieutenant ! Nous allons essayer d'élucider cette affaire. Mais je ne vous cache pas que la situation est grave. L'enfant de cette personne est hospitalisée. Sa vie est en danger. Les médecins ne savent pas ce qu'elle a, ni si elle va passer la nuit.

— Je ne comprends pas. En quoi ma fille est-elle responsable ? Elles ne se voient plus depuis plusieurs jours.

— Si c'est ce qu'elle vous a dit, elle vous a menti.

— Qu'est-ce que vous voulez dire ?

— D'après madame Merbergue, votre fille rendait visite à la sienne toutes les nuits depuis quelque temps afin de lui faire prendre un remède.

— Un remède ? Mais de quoi parlez-vous ?

— La petite Éléna Merbergue souffre d'une maladie depuis quelques années et votre fille s'est mis en tête de la soigner avec des plantes magiques. Le problème c'est qu'elle l'a sciemment empoisonnée. Éléna est au plus mal et les médecins ignorent de quel poison il s'agit. Si elle meurt, votre fille ira en maison de correction pour un bon moment ! Vous pouvez me croire Sophie ! Décidément, ma pauvre Sophie, je vous avais avertie… pour Thomas Durieux. Et maintenant c'est son enfant qui vous cause du tort ! Votre carrière est sérieusement en danger !

— Qu'est-ce que vous insinuez ?

— Voyez-vous, on dit bien que les chiens ne font pas des chats ! Vous comprenez ? Il fallait bien que cela arrive !

J'étais furieuse ! Ces accusations doublées d'allégations étaient insupportables. J'avais envie de… oh ! J'étais dans un tel état de nerf ! Rien ne peut arrêter une mère en colère.

— Je vais tirer cette affaire au clair. Je ne crois pas un instant qu'Ayiana ait pu faire intentionnellement du mal à son amie. De plus, je vous interdis d'insulter mon compagnon ou qui que ce soit de ma famille.

— Faites très attention Lieutenant, vous êtes sous mes ordres. Vous ne devriez pas me parler sur ce ton. Vous mettez une fois de plus votre carrière en danger. Ce n'est pas la première fois que je vous mets en garde. Faites très attention !

Je suis sortie du bureau du capitaine, en claquant la porte, les poings serrés. Je me doutais bien qu'Ayiana n'avait rien fait de mal. Mais comme je me méfiais du capitaine Martigue, j'appelai Thomas afin qu'il aille chercher notre fille rapidement à l'école pour la conduire chez ma tante en lui disant que je lui donnerai des détails plus tard. Je me rendis ensuite à l'hôpital dans l'intention d'en savoir un peu plus sur l'état de santé de la petite Merbergue.

Ozana était à son chevet. En larmes, les mains jointes, les paupières closes, elle priait !

J'interrogeais les médecins qui s'étaient occupés d'Éléna. La petite était dans le coma. De nombreuses analyses avaient été faites, mais ils ne pouvaient se prononcer. L'organisme de l'enfant ne contenait en réalité aucune substance toxique. Selon eux, le poison ingéré avait été soit éliminé, soit il restait invisible et inconnu, pour la médecine traditionnelle, mais suffisamment puissant pour provoquer un coma. Il fallait interroger ma fille pour en savoir plus.

Cette histoire était incroyable ! Ayiana intoxiquant sciemment son amie avec une plante pouvant entrainer le coma. Comment pouvait-elle avoir connaissance d'une telle plante ? Elle n'avait que 7 ans ? Et pourquoi vouloir la tuer ? C'était insensé !

Je rejoignis Thomas et Ayiana à Thorenc chez ma tante.

Thomas m'attendait dehors, seul, devant la maison. Il était très inquiet ! Je ne lui avais rien dit au téléphone.

— Sophie ! Enfin ! Que se passe-t-il ? Pourquoi m'as-tu demandé d'aller chercher Ayiana ? Que faisons-nous ici ?

— Entrons ! Je vais t'expliquer. Où est Ayiana ?

— Elle est avec ta tante et Orion dans la forêt. Tu les connais, elles sont parties faire une promenade.

— Tant mieux. Je vais tout t'expliquer.

— Viens, entrons ! Asseyons-nous !

Je tremblais, j'avais les jambes en coton et énormément de mal à rassembler mes pensées.

— Je t'écoute ! Reprends ton souffle ma chérie, calme-toi ! Viens près de moi !

— Thomas ! Le capitaine Martigue m'a convoquée, ce matin… dès que je suis arrivée. Il m'a annoncé que quelqu'un avait déposé une plainte.

— Contre toi ?

— Oui, je crois ! Enfin… non ! Je ne sais même plus si c'est contre moi ou contre Ayiana ! Tu vois, j'étais si bouleversée que je n'aie même pas pensé lui poser la question ! Bon, peu importe ! Écoute-moi !

— Ayiana ? Mais c'est une enfant ! Pourquoi ?

— Pour avoir empoisonné Éléna !

Thomas se leva brusquement et tourna dans le salon. Ses pas firent craquer très fort le vieux parquet.

— Quoi ? Quand ? Mais comment ? Ce n'est pas possible !

— Il paraitrait que depuis quelques jours… enfin… plusieurs soirs même, elle se rendait chez Ozana et lui faisait boire une infusion, décoction… je ne sais pas trop... à Éléna, car elle était malade. Et hier la petite est tombée dans le coma.

— Mais qui est dans le coma ? demanda-t-il, l'esprit confus.

— La petite Éléna, la fille d'Ozana Merbergue ! Elle est hospitalisée !

Je n'avais jamais vu Thomas dans cet état-là ! Il était paniqué et semblait vouloir ignorer la vérité. Son amour pour sa fille le rendait furieux. Un éclair de frayeur traversa son regard.

— Je ne comprends rien. Et c'est quoi cette plante ?

— Je n'en sais rien ! Comment je saurais ?

— C'est une de nos tisanes ? Quelque chose que nous avons chez nous ?

— Mais non, je ne crois pas ! Je n'en sais rien… nous n'avons rien qui ressemble à du poison… que de la tisane pour dormir ou…

— Quoi ? Un remède de ta tante ? A quoi penses-tu ?

— Non ! Pourquoi tu dis ça ?

— Je ne sais pas ! Pardonne-moi ma chérie, mais… j'essaie de comprendre.

— Tu m'accuses d'avoir une plante à la maison qui pourrait intoxiquer une enfant ?

— Excuse-moi Sophie ! Ce n'était pas ce que je voulais dire.

Thomas se mit à faire les cent pas. Il était en colère contre le monde entier.

— Je réfléchis… il y a peut-être une plante qui pousse dans le jardin… je ne sais pas. Mais je ne comprends pas pourquoi notre fille… et comment a-t-elle fait pour échapper à notre vigilance le soir ?

— Elles arrivent ! On va lui demander !

— Mon amour ! Il ne faut pas la brusquer ! Doucement…

— Ne t'inquiète pas !

Calmement, il passa une main dans ses superbes cheveux bouclés pour les placer en arrière. Arrangea un sourire sur ses lèvres afin d'accueillir sa fille.

Dès qu'elle nous vit, Ayiana courut vers nous, épanouie et sereine.

— Maman, tu es venue ! Je suis contente de te voir ! Comment va Éléna ?

Devant son comportement, nous ne savions plus comment réagir. Elle se dirigea vers nous, les bras ouverts. Son père la prit dans ses bras, la souleva et lui fit un câlin.

— Ma chérie, que s'est-il passé ?
— Papa, maman, je suis désolée de vous avoir menti. Je voulais l'aider. Éléna était malade. Mais je l'ai soignée. Désormais, elle ira mieux. Seulement je ne souhaitais pas vous inquiéter. Je ne voulais pas partir comme ça le soir sans vous demander l'autorisation. Je suis vraiment désolée. Je vous promets de ne plus jamais quitter la maison ainsi. Orion m'avait dit de ne pas le faire. Je ne l'ai pas écouté.

Tante Sylvia intervint :

— Ayiana m'a tout raconté. Cette petite a bon cœur. Ce qu'elle a fait partait d'une bonne intention. Bien sûr, elle n'aurait pas dû s'en aller de la maison le soir de cette façon.

Mais estimant que ma tante n'avait pas à se mêler de « notre » problème, je lui coupai la parole. Et sur un ton autoritaire :

— Tante Sylvia ! Nous devons parler à Ayiana ! J'apprécie ce que tu essaies de faire, mais nous souhaitons qu'elle nous explique à présent.

— Bien Sophie, tu as raison. Mais ne t'inquiète pas. Les choses vont s'arranger. Fais-lui confiance.

J'appréciais toujours les interventions et conseils de ma tante, mais là. Je me sentais si mal ! Je lui lançai un regard méprisant. Il s'agissait de notre fille. Elle ne devait pas s'immiscer dans nos affaires, pensais-je !

— Ayiana ! Dis-nous, qu'as-tu donné à boire à ton amie ?

— Maman… ce n'est pas ce qu'elle a bu qui est important ! répondit-elle très calmement en affichant le plus beau des sourires.

Ayiana paraissait si mature pour une enfant de 7 ans. Ses propos me donnèrent des frissons. Comment pouvait-elle raisonner de cette façon ? Elle me prit la main gentiment, me regarda droit dans les yeux.

— Tu lui as fait boire quelque chose ? N'est-ce pas ? Qu'est-ce que c'est ? Dis-nous !

— Une infusion de tilleul ! Un petit peu chaque soir. Ainsi, elle s'endormait apaisée et faisait de beaux rêves avec son papa.

— Mais on nous a dit qu'elle était souffrante. Tu le savais ?

— Oui ! mais sa maladie était dans sa tête.

— Que veux-tu dire ma poupette, lui demanda affectueusement son père ?

— Elle voulait rejoindre son papa qui est parti au royaume des anges. Vous le saviez qu'elle avait perdu son père, n'est-ce pas ?

Elle se blottit contre son père qui semblait dans la compréhension. Alors que moi, plus émotive, je restais en retrait.

— Tu veux dire qu'elle voulait mourir pour le retrouver ?

— Oui, exactement, mon papounet. Alors elle espérait être malade. Tu comprends ?

J'avais du mal à retenir mes larmes. Ce petit bout de chou accusé de faire du mal à une enfant venait de nous apparaitre comme un ange.

Percevant mon malaise, elle s'avança vers moi. Je m'agenouillais devant elle et pris ses petites mains chaudes aux senteurs de résine de pin et un peu noircies par la terre pour les envelopper dans les miennes. Elle n'était pas sensée nous réconforter et pourtant…

— Mais… toi que voulais-tu faire, mon amour ?

Elle libéra délicatement ses mains et se mit à caresser mes cheveux. Sa chaleur, son odeur d'enfant de la forêt, la douceur de sa peau, la pureté de sa voix furent pour moi un réel apaisement.

— Je lui ai dit qu'elle pouvait rêver de son papa si elle dormait bien, que les plantes que je lui donnais étaient magiques et qu'elles allaient l'aider à le rejoindre. Ainsi elle lui parlerait, lui dirait qu'elle le verrait toujours dans ses rêves et qu'elle n'aurait pas besoin de mourir pour être avec lui. Après ce dernier rêve, elle serait guérie.

— Je comprends mon amour ! lui dis-je en la serrant très fort contre moi.

— Je peux aller la voir maintenant ? Elle doit aller mieux ! Je l'ai soignée ! N'est-ce pas ? Les docteurs vous l'ont dit !

Elle prit Orion dans ses bras, l'embrassa sur le museau et se mit à danser avec lui. Le velours noir soyeux du chat contrastait majestueusement au contact de ses longs cheveux aux boucles fauves qui flottaient autour d'eux. Ils étaient lumineux.

Elle semblait si heureuse.

— On va attendre un peu, ma chérie. Lui répondis-je, la gorge nouée.

— Pourquoi ? Papa ? Maman ?

— Tu veux bien aller jouer dehors avec Orion ? papa et moi devons discuter avec tante Sylvia.

Ayiana avait bien compris qu'il y avait un problème. Elle fit la moue une demi-seconde, mais elle ne dit rien. Puis elle sortit et reprit son jeu avec Orion.

Je fis le récit de mon entretien avec le capitaine Martigue, de la plainte à mon encontre ainsi que des conclusions des médecins au sujet de l'état de santé de la petite Merbergue.

Ma tante ne put s'empêcher de nous donner son avis. Comme à son habitude.

— Eh bien… je vous l'avais bien dit que cette enfant était spéciale ! Vous vous rendez compte de ce qu'elle a fait ? C'est admirable !

— Tante Sylvia ! La petite Éléna est dans le coma ! Si elle ne se réveille pas, nous allons avoir de gros problèmes. Ayiana sera accusée de meurtre ! Qu'est-ce qu'on va faire ? Tu n'es pas consciente ?

— Ne t'en fais pas, ma chérie, cette enfant ne va pas mourir ! assura ma tante.

— Comment le sais-tu ? J'espère que tu as raison !

— Ne sois pas constamment négative ! Ton intuition, ton intuition… Qu'est-ce qu'elle te dit ?

Thomas intervint :

— Sylvia, je vous respecte, nous vous avons toujours écoutée religieusement, mais dans cette situation, comment voulez-vous que nous ne soyons pas inquiets ?

— Les enfants, faites-moi confiance, une fois de plus ! Tout va s'arranger ! Je pense que vous devriez plutôt songer à son éducation.

— Que veux-tu dire tante Sylvia ?

— Il faut lui enseigner la phytothérapie !

— Mais elle est trop jeune ? Et ce n'est guère le moment de parler de cela !

— Non, ce n'est pas mon avis ma chérie ! Tu vois bien, elle a déjà commencé à pratiquer. Une vraie guérisseuse.

— Ma tante, je voulais dire pour la plainte… et la petite Éléna ? Qu'allons-nous faire ?

— Que veux-tu faire ? Il faut attendre ! Voilà tout !

Nous étions effondrés et tante Sylvia semblait plutôt radieuse. Elle souriait en se préparant une infusion. Elle regardait par la fenêtre la petite qui jouait avec Orion et cela semblait la ravir. Puis elle se tourna vers nous. Et d'une voix douce :

— Vous voulez une infusion, les enfants ?

— Tante Sylvia, nous avons un problème à régler ! lui rétorquai-je.

— Et c'est une infusion qui va vous empêcher de le régler ? ironisa-t-elle avec un sourire malicieux.

Je regardais Thomas et j'aperçus un petit sourire. Il regardait ma parente. Elle lui adressa un clin d'œil.

— Pourquoi suis-je la seule à me faire du souci ?

— Sophie, ma chérie… Je fais confiance à ta tante et à notre enfant !

— Que veux-tu dire ? Tu n'es plus inquiet à présent ? dis-je d'une voix brusque.

— Ce qu'il veut dire, ma petite Sophie, c'est que si Ayiana te dit qu'Éléna va mieux et qu'elle n'a pas pu l'empoisonner avec du tilleul et bien il faut lui faire confiance !

Là, je me suis énervée ! Je me suis levée et j'ai changé de ton ! À vrai dire, je ne savais plus comment réagir. J'aurais aimé être sereine comme mes proches. Avoir du recul ou quelque chose dans le genre. Mais j'avais peur ! Comment pouvaient-ils se comporter de cette façon ?

— Mais… vous délirez tous les deux ! Je me suis rendue à l'hôpital, j'ai discuté avec les médecins, ils m'ont appris qu'elle était dans le coma, j'ai vu la petite Merbergue, c'est à moi que le capitaine Martigue a parlé de plainte et de carrière foutue, j'ai eu peur pour ma fille… qu'elle aille en maison de correction. Et vous… vous me parlez de confiance… de me faire du souci pour rien ! Je suis flic, je vis dans la réalité ! Je sais comment sont traités les enfants dans les maisons de correction ! Je les ai vues ! Ce sont en réalité des prisons pour enfant ! Si je dois me battre, eh bien, je me battrai, mais elle n'ira pas en maison de correction, vous m'entendez ?

J'ai fondu en larmes. Je me sentais si mal. Thomas s'est approché de moi et m'a prise dans ses bras…

— Pardon, ma chérie… pardon ! Je…

Mon iPhone se mit à sonner à ce moment-là ! Ozana m'appelait !

— Sophie ?

— Oui Ozana ! Qu'y a-t-il ?

— Sophie… Éléna… est… sauvée ! Oh, mon Dieu ! Sophie, Sophie ! Vous m'entendez ?

— Ozana ! C'est merveilleux. Lui répondis-je en tentant de retenir mes larmes.

— Merci, Ayiana ! Merci ! Elle l'a sauvée ! Elle n'est plus malade ! Vous entendez ? Sa maladie a disparu ! Merci ! C'est une fée que vous avez à vos côtés ! Sophie vous entendez ? Une fée ! Merci, merci. Les médecins ont dit… « elle n'a plus rien ! » Plus rien ! Vous me comprenez ? C'est comme si elle n'avait jamais rien eu. Sa maladie… comme si elle n'avait jamais eu de maladie… c'est une fée ! Une sainte ! Un ange ! Je ne vous remercierai jamais assez. Elle est sauvée ! Sophie… Prenez soin de votre fille ! Oh ! Mon Dieu ! Venez à la maison ! Venez !

Elle sanglotait tout en prononçant ces mots. Elle était heureuse. Puis elle raccrocha. J'avais besoin de m'assoir. Je me suis laissé tomber dans le merveilleux fauteuil en cuir de ma tante. Celui qui m'avait si souvent rassurée ! J'avais du mal à croire ce que je venais d'entendre. Thomas s'accroupit devant moi, me prit les mains et m'interrogea.

— Sophie, ma chérie ?. C'était Ozana ?

— Oui !

— Et ? Dis-nous ! Que voulait-elle ?

Tante Sylvia lâcha tranquillement la bouilloire et me fixa. J'essuyais mes larmes.

— La petite ! M'écriai-je.
— Sophie ? Quoi, la petite ? s'exclama Thomas.
— Elle est sauvée ! répondis-je en baissant le ton.

Tante Sylvia vint m'embrasser et me confirmer qu'elle avait raison.

— Ah ! Tu vois, ma chérie, on te l'avait dit ! Ayiana ne pouvait pas lui faire du mal ! Elle est mignonne cette enfant !
— D'après Ozana, sa fille est guérie de sa maladie.
— Oui, nous le savions, la petite nous a parlé d'une maladie. Confirma ma tante.
— Mais je pense que nous n'avons pas compris de quel genre de maladie il s'agissait ! dis-je en me levant, pensive.
— Sophie, à quoi penses-tu ?
— Ma tante, je ne sais pas, je ne sais plus. Nous allons rentrer et nous en rediscuterons plus tard. Je te remercie pour ton soutien. Et je voudrais te présenter mes excuses pour mon attitude.
— Tu sais très bien que vous pouvez toujours compter sur moi. Tu n'as pas à t'excuser, ma chérie !
— Merci, Sylvia.
— Je t'en prie mon petit. Ta fille est un amour. Ce fut un plaisir de passer du temps en sa compagnie.

Et n'oubliez pas… songez à son éducation ! Elle est faite pour soigner !

Nous sommes rentrés. Un peu hébétés, néanmoins très soulagés.

En passant devant la maison d'Ozana, nous avons remarqué qu'il n'y avait pas de lumière. Les volets étaient fermés. Nous pensions qu'elles étaient peut-être encore à l'hôpital. Ayiana n'a pas posé son regard vers la maison. Un peu comme si elle savait qu'Éléna n'était pas rentrée. Dans la voiture, elle fredonnait et jouait avec Orion. Elle n'a pas parlé d'Éléna.

Le lendemain, elle reprit l'école normalement. Le soir, je l'interrogeais.

— Ma chérie, est-ce que tu veux aller voir ton amie, ce soir ?

— C'est gentil maman, mais elle n'est pas là !

— Elle est encore hospitalisée ?

— Non, non pas du tout. Elle va bien, mais elle est rentrée dans son pays.

Depuis ce jour, notre fille ne nous a plus jamais parlé de la petite voisine ni de ce que nous venions de vivre.

Quant à moi, j'avais besoin de m'entretenir avec le capitaine Martigue. Bien décidée à avoir une explication sur ses propos au sujet de ma famille, je sollicitais un rendez-vous.

Il me reçut rapidement.

— Lieutenant Halbasque, entrez, je vous en prie !

— Bonjour, mon Capitaine.

— Asseyez-vous ! Vous avez demandé à me voir, je vous écoute.

— Merci, mon Capitaine. En premier lieu, je souhaitais vous annoncer que l'enfant Merbergue était hors de danger.

— Oui, je suis au courant. C'est une histoire qui finit plutôt bien. Pour elle comme pour vous !

— D'autre part, ma fille n'étant pas responsable de son coma, sa mère a retiré sa plainte.

— Je suis heureux pour vous !

— Et si je suis ici, mon Capitaine, c'est pour vous dire que je demande ma mutation.

— Vous voulez nous quitter ?

— Précisément, mon Capitaine !

— Et où voulez-vous aller ?

— Je souhaite intégrer la gendarmerie d'Antibes. Voici ma lettre.

— Vous voulez rejoindre l'adjudant Lobaers ?

— Je ne peux plus rester ici !

— Est-ce que votre décision est en rapport avec l'incident impliquant votre fille ?

— Je dirai que c'est votre façon de parler de ma carrière qui est en cause.

— Expliquez-vous !

— À deux reprises, vous avez exprimé des propos injustes envers ma famille.

— Développez !

— Il y a quelques années lorsque Thomas Durieux, mon compagnon, était en garde à vue et récemment envers ma fille. Chaque fois vous prétextiez que je devais songer à ma carrière.

— C'est bien de cela qu'il s'agit ! Je vous l'ai toujours dit. Durieux est le fils d'un assassin ! Vous étiez lieutenant de gendarmerie ! C'était pour vous préserver que je l'ai fait ! Il n'y a aucun mal à vous conseiller de penser à votre carrière !

— Quoi ? Qu'avez-vous fait ?

— Vous savez bien ! Mon travail c'est de protéger votre carrière. Comme celle de tous mes hommes ! Mais vous ! Vous !... Et maintenant sa fille ! Vous êtes folle ! Et puis… vous partez au moment où votre promotion vient d'être acceptée ! Capitaine Halbasque !

— Attendez ! Qu'avez-vous fait pour me protéger ? Expliquez-vous ?

Il se leva… me tourna le dos, y joignit ses grandes mains en se dirigeant vers la fenêtre et arrêta quelques secondes son regard au dehors ! Puis il se rassit, baissa le ton et me prit la main amicalement.

— Sophie… cet homme mettait votre carrière en péril ! Toute la brigade en parlait. Les hommes, vos collègues, se moquaient de vous ! Vous comprenez ? N'est-ce pas ? Vous me comprenez ?

Je retirai ma main me levai brusquement faisant tomber ma chaise. Mon ton devint menaçant.

— Qu'avez-vous fait ? Bon sang... mais qu'avez-vous fait ?

— Comprenez que c'est pour vous que j'ai demandé au procureur de l'inculper ! Il fallait l'éloigner de vous. Pour votre bien ! Bon sang !

— Vous n'aviez pas le droit ! Il était innocent ! Vous n'aviez rien à lui reprocher. Thomas est un homme bon. Il n'était pas au courant des affaires criminelles de ses parents !

— Qu'en savez-vous ?

— Je le connais bien !

— L'amour vous a rendue aveugle ! Il vous mettra en danger tôt ou tard ! Vous verrez ! Quelqu'un comme vous doit se tenir éloigné des gens de son espèce !

J'avais soupçonné Marie Lobaers d'avoir dénoncé l'homme que j'aime. Je la croyais jalouse de notre couple. Mais c'était lui ! Thomas s'était retrouvé en garde à vue à cause de lui ! Il risquait la prison. Comment avais-je pu être aussi stupide ? Depuis le début, cet homme que je respectais m'envoyait des signes et je ne comprenais pas.

Blessée au plus profond de mon âme, je compris à ce moment-là qu'il était temps pour moi de suivre une autre voie. Je lui tendis ma lettre.

Il poussa un soupir.

— Sophie, puisque vous avez l'air décidé, je vais contacter la gendarmerie d'Antibes et voir s'ils ont besoin d'un capitaine. En attendant, soldez vos congés. Je vous tiens au courant.

« Ah… et j'oubliai : félicitations pour votre promotion Capitaine Halbasque !

Je suis sortie, sans un mot. Je ne savais pas si je devais sauter de joie pour ma promotion ou pleurer pour la trahison d'un homme en qui j'avais placé toute ma confiance pendant tant d'années. Cet homme qui m'avait formée, auprès duquel j'avais évolué, m'avait trahi ! Son excuse : vouloir me protéger !

IV

Nohra et Mike

Gendarmerie d'Antibes, PACA. Janvier 2048,

— Allo ! Capitaine Halbasque ! C'est l'adjudant Advuil !

— Oui, Adjudant, que se passe-t-il ?

— Excusez-moi de vous déranger. J'ai un appel pour vous du standard du centre pénitentiaire des Baumettes de Marseille, il parait que c'est urgent. Je peux vous le passer ?

— Oui, oui bien sûr ! Passez-le-moi ! Merci. Allo, capitaine Halbasque. Je vous écoute.

— Bonjour Capitaine, je m'excuse de vous déranger. Je me présente, Jacques Courtois, je suis le directeur du centre pénitentiaire des Baumettes. Nous avons trouvé vos coordonnées dans le dossier de madame Durieux ainsi que celles de monsieur Thomas Durieux, son fils. J'ai pensé qu'il serait préférable, au vu des circonstances de vous contacter en premier.

— Oui, oui, vous avez bien fait. Que se passe-t-il ? Dites-moi monsieur !

— Madame Durieux a tenté de se suicider. Elle est actuellement hospitalisée à Nice.

— Est-ce que ses jours sont en danger ?

— Nous le saurons dans 48 heures.

— Que s'est-il passé ?

— C'est une intoxication volontaire par ingestion de psychotropes.

— Elle était sous traitement ?

— Non pas du tout ! Elle n'en avait pas besoin. Elle n'était pas souffrante.

— Comment a-t-elle obtenu ces médicaments ?

— Vous savez, dans les établissements pénitentiaires toutes sortes de drogues circulent même si nous sommes très vigilants, mais vous voyez, malgré cela…

— Oui, bien sûr, je comprends, je suis désolée, je ne voulais pas vous accuser de quoi que ce soit. Je vais avertir son fils. Dans quel hôpital l'a-t-on placée ?

— Nous l'avons placée au Centre Hospitalier Sainte-Marie à Nice.

— Merci, monsieur, de votre appel. Mais… je ne comprends pas… elle allait bientôt être libérée, non ?

— Oui, oui. Sa libération était prévue pour le mois prochain.

— Mais alors comment expliquez-vous son geste ?

— Eh bien, il arrive que des détenus soient effrayés par l'idée de liberté. Ils n'ont rien connu d'autre que la prison. Sortir, se retrouver seul dehors, leur fait peur. Mais voyez-vous ce n'est pas du tout le cas de madame Durieux. Il se peut qu'elle ait plutôt voulu attirer l'attention. Vous devriez rencontrer son psychiatre.

— Je vous remercie, monsieur, de m'avoir appelée.

— Je vous en prie. Au revoir Capitaine.

Je suis passée chercher Thomas à la galerie et nous nous sommes rendus au Centre Hospitalier Sainte-Marie à Nice. Madame Durieux avait été admise dans le service de psychiatrie. Le directeur du centre pénitentiaire des Baumettes avait fait le nécessaire afin que nous soyons autorisés à rendre visite à madame Durieux. Il nous restait une dernière formalité : obtenir l'accord de madame Durieux !

Thomas était très nerveux.

— Et si elle refuse de nous voir ?

— Ne t'inquiète pas ! Elle va accepter !

— Comment le sais-tu ?

— Je demeure positive, c'est tout ! Et toi ? Tu es sûr que ça va aller ?

— Oui pourquoi ?

— Tu es nerveux !

— Sophie, je crois que le moment est venu !

— Que veux-tu dire ?

— Je dois l'interroger à propos de mes origines !

Après 30 minutes d'attente, un infirmier est venu nous chercher.

— Madame Halbasque, monsieur Durieux, venez, suivez-moi !

Nous quittons la salle d'attente et traversons un long couloir d'un silence oppressant.

L'infirmier ouvrit la porte de la chambre affublée d'un cinq marqué au feutre noir. Thomas entra en premier. Je le suivis frileusement. Elle était éveillée, allongée dans son lit.

Ma tante m'avait relaté son entrevue avec madame Durieux, en 2020. Un soir, alors qu'elle souhaitait présenter sa cliente, Barbara de La Noé à sa sœur, elle se présenta au portail de la superbe villa « Paradise » de Beaulieu. Les deux femmes furent accueillies par les Durieux. Le couple affirma habiter la villa de luxe depuis plusieurs années et ne jamais avoir entendu parler de Madame de la Noé. Nous avons su plus tard, par Thomas, que c'était faux. Leur emménagement datait d'un jour ou deux à peine. L'enquête de police et le témoignage d'un ami de ma tante avaient révélé l'atroce vérité : monsieur Durieux aidé par ses « amis » s'étaient chargé d'en faire disparaitre la propriétaire. Ils l'avaient droguée puis jetée dans le port de Nice. Thomas, âgé d'une dizaine d'années ignorait tout des occupations criminelles de ses parents. Pour lui et son frère, Vincent, les activités de son père étaient vagues. Ils étaient au courant du fait qu'il faisait des affaires lors de ses voyages, mais sans plus. Leurs relations n'étaient pas très chaleureuses. Ils ne communiquaient pas beaucoup. L'ambiance était assez tendue à la maison.

Ma tante m'avait décrit Nohra Durieux comme une jolie femme raffinée. Mais force était de constater que les années de prison avaient eu raison d'elle. Elle était très marquée. Mais je ne pouvais comparer son visage d'aujourd'hui avec celui des jours meilleurs, car je ne l'avais jamais vue. Au procès, elle était souvent absente. D'après son avocat sa santé était fragile. Elle était sujette à de fréquents malaises.

Lorsque nous entrâmes dans la chambre, je ressentis quelque chose d'étrange. La pièce était grande, trop grande pour une seule personne. Un seul lit trônait, contre un mur. Du blanc, tout était blanc. Les murs, les draps, les tables de chevet ! Et cette femme… au teint pâle, au sourire inquiétant. Et l'odeur… quelque chose de boisé et froid !

— Mon fils… viens… viens plus près que je te regarde… tu es si beau ! Tu vas bien ? Bonjour mon Thomas, mon enfant, ma vie, mon amour.

Thomas s'approcha lentement, un peu hésitant. Elle caressa ses cheveux.

— Toi aussi Sophie, viens près de moi. Allez ! Approche ! Je ne mords pas, tu sais !

— Bonjour, madame !

Thomas se dégagea des mains de madame Durieux, tira la chaise visiteur et s'assit en face d'elle.

— Maman ! Pourquoi ? Qu'est-ce qu'il t'a pris ?

Elle lui sourit, déglutit et répondit d'une voix basse :

— Je n'en pouvais plus !

— Mais tu allais bientôt sortir !

— Je ne sais pas ce qui m'a pris ! J'ai paniqué. Tu comprends ?

— Non, justement je ne comprends pas. Répondit Thomas sur un ton autoritaire.

— Oh, je sais tu as toujours été comme ça ! Tout doit être logique, normal. Tout doit avoir une explication !

— Mais enfin, qu'est-ce que tu dis ? Tu n'es pas heureuse de rentrer à la maison ?

— Quelle maison ? Nous n'avons plus rien ! Ils ont dit que nous étions des voleurs ! Tu te rends compte… des voleurs. Avec tout ce que nous avons travaillé ! Ton père et moi… des voleurs !

— Où vas-tu aller ?

— Je n'en sais rien !

— Tu as de l'argent ?

— Ton père m'a dit que notre avocat s'occupait de tout.

— Bien, bien. Il faut te reposer maintenant. Et… maman, j'ai quelque chose à te demander.

Elle leva les yeux au ciel et poussa un soupir !

— Parle mon fils, mon petit, je t'écoute !

Madame Durieux pinça les lèvres, prit un air grave, regarda le plafond et soupira à nouveau le mieux qu'elle put. Thomas baissa la tête et joignit ses mains comme pour prier.

— Maman… je dois savoir… qui sont mes… parents ? Qu'avez-vous fait ?

— Tu as raison… tu as le droit de connaitre la vérité. Mon petit… ton père et moi, nous avons été égoïstes ! C'est vrai ! Je te demande pardon… à toi et à ton frère !

Madame Durieux avait des difficultés pour s'exprimer. Elle était visiblement essoufflée. Elle se redressa péniblement. Alors, machinalement, je me mis à arranger son oreiller. Elle me fixa, me remercia et me sourit. Puis elle me prit la main, se tourna vers Thomas et péniblement commença son récit. Ses doigts se mirent à entortiller les fils de la couverture usée. Elle semblait nerveuse.

— Je ne te demande pas de comprendre ni de nous pardonner… mais… en fait, je ne peux rien te demander.

Elle toussa plusieurs fois, attrapa le verre d'eau posé sur la table de nuit métallique, en but une petite gorgée, le posa, nous sourit tour à tour et reprit.

— Ton père et moi, lorsque nous nous sommes rencontrés… non… et puis cela est sans importance !

Ce que je veux te dire, c'est que ton père a fait des choses terribles, c'est vrai ! Tu le sais ! Je ne peux pas te dire qu'il avait des excuses… non… une enfance très dure… oui… Il était pauvre et il essayait de s'en sortir… mais… revenons plutôt à toi. Tu le sais, je ne pouvais pas avoir d'enfant ! J'étais malheureuse… ton père… ne supportait pas de me voir déprimer jour après jour. Il aurait fait n'importe quoi pour moi. Nous nous aimions intensément ! Oh oui ! Nous étions fous un de l'autre. Nous étions jeunes et très amoureux. Alors nous avons consulté des spécialistes qui m'ont fait prendre des traitements soi-disant « miracles ». J'ai fait deux fausses couches. C'était insupportable ! Et puis… un jour, pour ses affaires, ton père…

Mon compagnon était excédé ! Brusquement, il haussa le ton !

— Arrête de l'appeler comme ça ! Il n'est pas mon père !

— Tu as raison ! Excuse-moi !

— D'ailleurs… tu n'es pas ma mère non plus !

— Thomas ! Ne me parle pas ainsi ! Je t'ai élevé ! Donné de l'amour ! Je suis ta mère ! Laisse-moi poursuivre… si tu veux que je continue, sois respectueux ! Je vais te dire ce que tu veux savoir. Je te l'ai promis.

— Continue !

Thomas n'était pas bien. J'avais de la peine, mais j'étais aussi très en colère. Sa souffrance était réelle. Je pouvais la ressentir au fond de moi.

— Donc, je disais… Mike ne supportait pas de me voir malheureuse. Il m'a toujours beaucoup aimé.

En prononçant le prénom « Mike », son visage s'illumina. Elle se tourna vers moi, la mine réjouie. Son intention était évidente ! Faire de moi son alliée. Entre femmes amoureuses on aurait pu se comprendre ! Ses yeux s'emplirent de larmes.

— Vous savez Sophie, il s'appelle Michel, mais tout le monde l'appelle Mike. Cela lui va bien ! Nous nous sommes connus très jeunes. Si vous l'aviez vu, lorsqu'il était jeune ! Il avait de l'allure ! Et vous deux ? Vous n'êtes toujours pas mariés ?

Si elle savait ! Oh oui, je pouvais l'imaginer sans peine, le look de malfaiteur de « Mike ». Ce n'était pas trop difficile puisque je l'avais rencontré en 1990. Je savais à quoi il ressemblait ! Quant à son allure ! Elle n'avait rien de superbe ! Je me disais que ce jeune voyou devait attirer les petites bourgeoises comme elle ! Elle n'avait pas dû être la seule !

Elle se remit à tousser. Thomas lui passa le verre d'eau. Sa main tremblait. Il était nerveux et pressé d'entendre la suite de l'histoire, pensais-je. Nous étions impatients tous les deux du reste ! J'aurais bien aimé pouvoir faire subir à Nohra un authentique et dynamique interrogatoire à ma façon à la gendarmerie. Elle aurait moins fait la maline avec moi !

— Pourquoi n'êtes-vous pas mariés ?

Thomas n'était pas dupe. Le « jeu » de Nohra Durieux commençait à l'agacer.

— Maman, qui sont mes parents ?
— Mon petit, nous sommes tes parents !
— Dis-moi d'où je viens !
— Tu veux parler des autres ! Oui, oui… je comprends, je vais te le dire. Ah, les autres ! Mais avant, il faut que tu saches que Mike nous aimait beaucoup. Il a toujours tout fait pour que nous soyons heureux. Toi et Vincent, vous n'avez manqué de rien ! Tu ne peux pas dire le contraire. Tu dis que ce n'est pas ton père, mais il t'a nourri. Il a payé tes études ! Comment peux-tu parler de lui ainsi ? As-tu au moins été le voir en prison ? Quel malheur ! Ton père en prison ! Toi et ton frère, vous lui manquez. Il demande après vous, tu sais ! Il vous aime. Vous êtes ses fils ! Thomas ! Tu m'écoutes ?

Thomas se leva et alla vers la fenêtre, les poings fermés. Puis il revint vers madame Durieux. S'approcha d'elle la mâchoire serrée, le ton menaçant, il lui dit :

— Dis-moi d'où je viens ! Qui sont mes parents !
— Bien !... Puisque tu insistes. Tu as le droit de savoir ! Mais change de ton ! Tu me fais peur ! Dites-lui, Sophie ! Son ton est menaçant ! Je ne l'ai jamais vu ainsi ! Qu'est-ce qu'il lui prend ? Il ne m'a jamais manqué de respect. Il me fait peur !

Elle prit un mouchoir en papier dans le tiroir de la table de nuit, se frotta les yeux, arrangea ses cheveux derrière ses oreilles et reprit en ponctuant ses phrases d'un timide reniflage.

— Pour ses affaires, au printemps 2010 Mike s'est rendu en Amazonie avec ses associés ! Il avait une chose à régler. Je n'en savais pas plus. Il ne me confiait jamais les détails de ses affaires. Il disait que c'était mieux ainsi. Vous savez comment sont les hommes de ce genre ! Ce sont des machos !

Oh que oui je les connaissais bien ! Mais « machos » n'était peut-être pas le terme que j'aurais employé !

— Une chose ? Quelle chose ? hurla Thomas.
— Tu sais, il ne m'en disait pas plus. Je viens de te le dire. Mais calme-toi ! Tu me fais peur ! Je ne me sens pas très bien ! J'ai très chaud !

Et se tournant vers moi :

— Tu vois… vous voyez… Sophie… je peux vous appeler Sophie ?
— Si vous voulez !
— Vous voyez, Sophie… Mike travaillait beaucoup. Il lui arrivait de partir plusieurs jours pour son travail. Il revenait toujours avec un cadeau pour moi ou pour ses enfants. J'adorais lorsqu'il faisait cela. Il était adorable. Un amour de mari. Toujours prévenant.

Thomas s'impatientait. Quant à moi, eu égard à mon métier, j'imaginais sans peine de quels genres d'affaires il pouvait s'agir. Mais elle, son épouse ! Comment pouvait-elle ne rien savoir ? Cela devait certainement l'arranger de jouer les épouses ignorantes !

— Continue !

— Oui… oui… Ne me brusque pas, je suis fatiguée ! Donc, je disais… au printemps 2010, mon Mike a dû se rendre en forêt amazonienne pour… je ne sais plus quelle affaire ! Et… il est revenu, quelques jours plus tard… avec un merveilleux cadeau ! Le plus merveilleux des cadeaux ! Oh, mon Mike ! Comme je l'aimais ! Un bébé ! Tu imagines ? Tu devais avoir à peine 2 ou 3 mois. Tu étais adorable ! Je n'ai pas posé de questions… tu comprends ! Ton père t'a mis dans mes bras… comment pouvais-je ? Oh, seigneur ! J'étais follement heureuse !

— Mais… est-ce qu'il t'a dit d'où… enfin… comment il avait eu ce bébé ?

— Oui oui, bien sûr. Il m'a dit qu'en forêt, il y avait un campement. Une sorte de village de fortune d'indigènes… des sauvages, tu vois ! Ils dansaient autour d'un feu. Ils étaient habillés… enfin si on peut appeler cela habillés ! Bref… vêtus bizarrement avec des plumes. Ils chantaient, ils dansaient. Et ton père a entendu des cris qui venaient d'une espèce de… tente. Alors il s'est dit que ce n'était pas bien de laisser un bébé tout seul. Le pauvre ! Ces gens n'étaient pas dignes d'avoir un enfant si jeune. Comment pouvaient-ils le laisser tout seul et faire la fête ? Il devait avoir faim et froid ! Il a pensé que cet enfant serait plus en sécurité avec moi. Moi, une vraie mère ! Que ce serait un merveilleux cadeau ! C'est un homme bien, mon Mike ! Alors il me l'a ramené. Et nous avons été heureux ensemble ! Nous t'avons élevé dans l'amour et tu n'as manqué de rien. Tu ne peux pas dire le contraire ! N'est-ce pas ?

J'étais abasourdie ! Je ne pouvais rester tranquillement sur ma chaise. Cette confession ! C'était incroyable ! Cette femme ne se rendait pas compte de ce qu'elle disait ! Comment peut-on justifier un enlèvement ? Le désir d'une femme d'avoir un bébé, la douleur de ne pouvoir enfanter ne pouvait à ce point la rendre aussi… égoïste, insensible à la souffrance des autres. Et pire… je la trouvais méprisante envers la communauté à laquelle mon bien-aimé avait été arraché. De plus, elle n'exprimait aucun regret ! Elle affichait un visage grimaçant en décrivant les personnes vivant au campement. Répétant sans doute la description que lui avait fait « son Mike ».

Thomas ne répondit pas. Il se courba et se mit à fixer le sol. Il s'attendait à ce que son histoire soit douloureuse. Mais il était loin d'imaginer qu'il entendrait, sa… mère, cette femme, lui faire un récit aussi incroyable.

Ces gens qu'il avait pris pendant une trentaine d'années pour ses parents étaient des monstres ! De véritables monstres. Cela il l'avait compris depuis longtemps. Tous leurs crimes avaient été révélés au procès. Ils kidnappaient des enfants pour les vendre. Mais il venait d'apprendre qu'ils se considéraient comme des parents modèles et de ce fait, ils pouvaient aussi garder l'enfant d'un autre couple pour eux sans se soucier des conséquences !

Les parents biologiques de cet homme que j'aimais depuis toujours étaient donc des Indiens vivants dans la forêt amazonienne. Ces pensées ne tournaient pas dans sa tête, non… elles étaient en train d'exploser… il sortit de la chambre prestement en se tenant le ventre.

Loin de baisser les yeux, Nohra Durieux reprit une gorgée de son verre d'eau en laissant échapper un soupir. Puis elle me dévisagea. Et très sûre d'elle, déclara :

— Il est sensible, n'est-ce pas ? Il a toujours été ainsi. Je le sais… je suis sa mère après tout !

Que pouvais-je répondre à cela ? Je n'en fis rien. Je pensais qu'il était préférable de jouer le même jeu qu'elle. Mais à quoi jouait-elle ? À cette pensée, j'eus un frisson ! Son récit avait débuté telle une confession. J'ai même cru qu'elle regrettait. Dans les premiers instants, j'ai ressenti de la pitié pour cette femme qui ne pouvait enfanter. J'ai été touchée par son histoire d'amour avec « Mike ». Ensuite, je me suis demandé si nous n'étions pas en présence d'une personne matoise. Et j'ai commencé à voir clair en elle. J'ai donc poursuivi pour en savoir plus :

— Et Vincent ?

— Oh ! Vincent… Mike m'a dit qu'il était orphelin… le pauvre. Personne ne voulait l'adopter. Nous l'avons sauvé. Alors, vous voyez ma petite Sophie, il était certainement mieux avec nous. Comme votre amoureux ! Et puis comme ça, on s'est dit que pour Thomas ce serait bien d'avoir un petit frère pour jouer !

— Cela n'engageait que vous !

— Vous n'avez pas le droit de me juger ! Je vois bien que vous n'êtes pas d'accord.

— Comment pourrais-je l'être ?

— Qui êtes-vous pour me juger ? Vous pensez qu'il était bien avec ces sauvages ? Nous au moins, nous l'avons élevé, habillé, nourri. Nous avons financé ses études. Lorsqu'il est arrivé, il était sale, nu, enroulé dans un vieux drap crasseux. Est-ce qu'on fait ça à un enfant ? Est-ce que vous pensez qu'en restant dans ce pays de sauvages, Thomas aurait pu suivre des études ? Regardez ce qu'il est devenu aujourd'hui ! Tout ça… c'est grâce à son père ! Grâce à son travail ! Et vous ! Vous la justice… vous le condamnez ! Vous le mettez en prison ! Mais vous êtes bien contente que mon fils soit devenu l'homme qu'il est aujourd'hui ! Vous en profitez bien… Hypocrite ! Sale flic !

Elle ne souriait plus. Elle hurlait. En quelques secondes, elle s'était métamorphosée. Mon manque de compassion avait réveillé sa vraie nature.

Elle avalait sa salive nerveusement, gesticulait, levait les mains au ciel et toussait bruyamment. Ce n'était plus la femme distinguée décrite par ma tante. Je ne m'étais pas trompée sur son compte. Elle avait bien essayé de nous séduire, mais devant ma franchise, elle avait vite fait de se dévoiler. Cette femme était une manipulatrice. Elle n'avait peut-être pas vraiment voulu se suicider. Ce n'était sans doute qu'une manœuvre pour amener Thomas vers elle. Cette femme était dangereuse.

Je suis sortie rejoindre Thomas. Il était assis sur une chaise dans le couloir. Une infirmière lui tendait une serviette. Ses yeux étaient mouillés, son visage très pâle. Je l'ai pris dans mes bras. Il tremblait de rage.

Il s'est blotti contre moi, comme un enfant.

— Viens mon amour, partons ! Nous en savons assez !

— Oui, tu as raison. Mais… pour Vincent ?

— J'ai demandé.

— Qu'est-ce qu'elle a dit ?

— Qu'il était orphelin !

— Bien !

— Partons Thomas !... Mais attends-moi. J'ai oublié quelque chose dans la chambre ! Je vais le chercher.

— D'accord ! Fais vite ! Je ne veux pas rester plus longtemps ici.

Il me restait quelque chose à demander à madame Durieux.

— Que voulez-vous encore ?
— Ce village en Amazonie… vous pouvez me donner des précisions ? Vous avez un nom ? Quelque chose ?

Elle se redressa dans son lit, se tint bien droite. Ses pupilles se dilatèrent à outrance.

— Vous voulez retrouver ces sauvages ? C'est ça ? Vous voulez rejoindre les parents de cet ingrat ? Ah ! Ah !

Brusquement elle se mit à ricaner. Mon sang se glaça ! Je me trouvais face à une femme emplie de haine, prête à me sauter à la gorge. Elle afficha un sourire démoniaque avant de me déclarer :

— Mike et ses associés s'en sont occupés ! Comme ils ont toujours fait. Ils règlent toujours les problèmes !

Puis, en haussant les épaules, elle rajouta :

— Ils sont comme ça les associés de Mike ! Ils ne laissent rien derrière eux ! Rien ni personne !

Alors que je redoutais la réponse, je me suis entendu, d'une voix fluette, poser tout de même la question à deux reprises et crier son prénom :

— Qu'ont-ils fait ? Nohra ! Qu'ont-ils fait ?

— Ils ont tout brûlé, ma chère ! Vous m'entendez ! Les hommes, les femmes, les enfants, les animaux, tout… Ils sont tous morts ! Tous morts ! Tous ces sauvages ne danseront plus ! Ils ne pourront plus danser ! morts ! morts ! Ils les ont tous tués !

— Seigneur ! Non ! Ce n'est pas vrai !

Elle hurlait… Elle riait… Elle hurlait puis elle riait à nouveau ! Sa voix devenue caverneuse résonna à travers toute la pièce.

— Ils sont morts ! Ah ah ! Morts ! Morts ! Morts ! Tous !

Je reculais… horrifiée par ce que je venais d'entendre. Lorsque je me suis retournée pour atteindre la porte… Thomas était là ! Il avait entendu les cris et était entré.

Elle le vit, se redressa, le fusilla du regard et lui lança :

— C'est moi ta mère ! Tu n'as plus personne d'autre ! Ils sont tous morts ! Tu entends ! Qu'est-ce que tu espérais ? Les retrouver ? Pourquoi ? Tu es un ingrat ! Je t'ai élevé ! Donné de l'amour… et toi… tout ce que tu espérais c'était retrouver ces sauvages !

Son regard devint terrifiant ! Une énorme veine se mit à gonfler le long de son cou.

Thomas me prit la main et nous sommes partis.

IV

Partenaire

Nice, colline de Cimiez, le 23 avril 2049,

Pour fêter les 10 ans d'Ayiana, nous avons invité Marie, son époux Cédric, gendarme lui aussi à Antibes et leurs deux garçons, à diner. Marie et moi étions devenues inséparables depuis que j'avais intégré la gendarmerie d'Antibes. Mais en dehors de notre travail, nous n'avions jamais eu l'opportunité de passer un moment ensemble. Comme beaucoup de collègues femmes, nous nous confions nos problèmes, nos émotions et tout ce qui forme la vie de famille pendant nos heures de service.

Notre métier nous obligeait à avoir un minimum d'autorité. Il était préférable aussi d'avoir du caractère. Et là pas de problème, nous en avions toutes les deux ! C'est aussi un métier physique qui peut s'avérer dangereux et nous devions pouvoir compter l'une sur l'autre. C'est ainsi que nous avions créé des liens très forts et lorsque nous étions ensemble nous redevenions deux mères de famille aussi capables de s'entraider dans ce domaine. Je repense souvent à notre première rencontre. Le capitaine Martigue m'avait appelé afin que je mène un convoi de véhicules de secours dans l'arrière-pays de Nice après le séisme d'une nuit de janvier 2037. Elle était mon contact. J'avoue de ne pas avoir eu tout de suite une bonne opinion d'elle. Pourquoi se croit-on toujours obligé de juger les gens au premier abord ? Elle me faisait penser à une petite fille toute guillerette et fière d'accomplir une première mission. J'étais arrogante, sans doute ! J'avais une mission et un grade qui me permettait de l'être, pensais-je. Il s'est passé beaucoup de choses depuis. Je me suis rendu compte que je l'avais mal jugée. J'ai appris à la connaitre. Nos fonctions nous ont rapprochées. Elle a tout fait pour que je me sente bien dans ma nouvelle équipe lors de ma mutation à Antibes. Je sortais d'une altercation avec mon supérieur et je me sentais mal à l'aise. Elle a été formidable. Je lui dois beaucoup.

L'anniversaire d'Ayiana nous donnait l'occasion de montrer avec fierté notre nouvelle maison. Thomas en avait fait un véritable paradis. Il nous restait encore quelques petits travaux, mais peu nous importait. Surtout que nous ne recevions pas souvent. Marie et Cédric étaient, en réalité, les premières personnes qui nous invitions.

Ayiana s'était chargée de la décoration. Notre maison éclairait les hauteurs de Nice sur des kilomètres. Avec ma tante elle avait tenu à préparer le repas ainsi que le gâteau. Orion courait et sautait partout, malgré ses 18 ans, il avait la souplesse d'un chaton. D'ailleurs, il n'avait jamais été malade. Il ne présentait aucun signe de vieillesse.

Et comme à chacun de ses anniversaires, depuis l'âge de 6 ans, notre fille souhaitait que son cadeau soit un don que nous devions faire à une association de protection des animaux. Nous avons toujours respecté ce souhait. Cela la rendait heureuse. Et nous, très fiers, quoique toujours un petit peu frustrés. En tant que parents nous aurions aimé lui offrir quelque chose d'un peu plus personnel, mais elle nous faisait promettre. Alors on s'inclinait. Après chaque anniversaire elle partait visiter les refuges de la région avec les dons qu'elle avait récoltés. Elle y passait beaucoup de temps. Elle s'attardait, car elle tenait à faire la connaissance des « nouveaux ». Elle leur parlait, les réconfortait parfois. Nous l'attendions des heures entières. Lorsqu'elle nous rejoignait, elle tenait à nous faire le récit de ses échanges. Parfois elle pleurait, car elle avait rencontré un ou plusieurs animaux malades ou tristes. Certains ne seraient jamais adoptés selon elle. Elle aurait voulu pouvoir tous les sauver, mais elle savait que ce n'était pas possible. Elle se sentait coupable d'être heureuse et entourée de tant d'amour. Mais elle finissait la journée par nous remercier de la soutenir dans cette démarche. Notre fille promettait de faire plus lorsqu'elle serait adulte. Elle disait que nous ne devions pas être tristes un jour de fête. Que donner un peu de réconfort c'était toujours mieux que de ne rien donner ! Alors elle souriait à nouveau.

Ce soir-là, Ayiana comptait bien récolter une somme d'argent importante pour ses petits protégés.

— Mes amis, votre fille est magnifique !
— Merci, Marie. Quel âge ont vos garçons maintenant ?

Cédric présenta ses fils à Thomas.

— Le plus jeune, maxime a 4 ans et Adrien a 6 ans.
— Ils sont très dynamiques !
— Oui, c'est vrai ! Même un peu trop parfois ! Ils ressemblent à leur mère !

Les garçons semblaient beaucoup se divertir avec Ayiana. Nous les entendions rire et jouer dans le jardin. Malgré la température un peu fraîche du mois d'avril, ils jouaient à l'extérieur. Alors que les adultes préféraient rester au chaud. Marie nous fit part de son inquiétude.

— Les enfants ne risquent rien tout seuls dehors ?

Ma tante assura.

— En compagnie d'Ayiana et Orion, ils sont en sécurité, vous savez Marie !
— Oui, mais ce n'est qu'une enfant et Orion est un chat !

— Ne vous inquiétez pas ! Ayiana n'est pas une enfant ordinaire et Orion est un chat exceptionnel.

— Sylvia, vous exagérez !

— Pas du tout ma chérie ! Je sais très bien ce que je dis !

— Et puis… cette bestiole ne m'aime pas beaucoup ! Je le trouve bizarre ! il a une façon de m'observer qui me donne des frissons ! rajouta notre invitée.

Marie et moi étions proches, cependant très différentes. Je la trouvais souvent un peu trop… comment dire ? « Sans gêne ». Au début de notre relation, cela me mettait mal à l'aise. Mais avec le temps et étonnamment, je me suis mise à apprécier ce trait de caractère, car il nous aidait souvent à avancer dans nos enquêtes. Elle osait là où moi je piétinais ! Quelquefois, lorsque mon intuition ne fonctionnait pas, cette particularité qui la caractérisait tombait à pic.

Et ce soir-là, elle osa !

— Thomas, dis-moi ! Maintenant que tu sais que tes parents ne sont pas tes parents et tant mieux parce que… enfin vous savez… ce que je veux dire ! Ils sont ce qu'ils sont ! Bref !

— Oui, ma chérie nous comprenons. Mais où veux-tu en venir ? demandais-je.

— Ben…

Ma partenaire et amie fit faire le tour de ses lèvres à sa langue, et ce, sans la moindre discrétion, et continua.

— Voilà… tu n'as jamais cherché à savoir qui étaient tes parents biologiques ?

Nous étions attablés entre adultes. Seuls les apéritifs étaient servis. Les enfants jouaient encore dans le jardin. Cela m'arrangeait qu'Ayiana ne soit pas présente. On ne lui avait jamais parlé de ses grands-parents. Nous pensions le faire lorsqu'elle serait plus grande.

Ma partenaire avait prononcé ces mots en toute innocence, avec un merveilleux sourire comme elle en avait le secret. Thomas et moi étions très gênés. Ma tante pas du tout. Je me demandais ce que cela cachait. Cédric continuait à déguster les biscuits d'apéritif que lui tendait tante Sylvia avec un sourire espiègle. Il me revint en tête le moment pénible de la révélation de madame Durieux. Je n'oublierai jamais ses mots et encore moins son regard. Une douleur vint se nicher au creux de mon estomac. Je n'osais regarder Thomas.

Il répondit d'une voix blanche :

— Eh bien, c'est que… oui évidemment ! D'une certaine manière !

Je crus devoir aller au secours de Thomas. Je redoutais sa réaction, alors je répondis à sa place.

— Vois-tu, Marie… c'est un peu compliqué !
— C'est-à-dire ? Continua-t-elle d'un air dégagé tout en sortant de sa bouche un noyau d'olive.

— Laisse Sophie ! Je vais répondre. Cela n'a rien de compliqué. Voilà, la vérité c'est qu'ils sont décédés ! Ils ont été assassinés par mon père adoptif ! Fin de l'histoire !

Marie se leva brusquement, se dirigea vers Thomas, le prit contre sa poitrine pulpeuse, déposa un baiser sur son front, me regarda tristement et regagna sa place sous nos regards décontenancés.

— Oh, mon chou ! Je suis désolée ! Je n'aurais pas dû ! Je m'excuse ! Il faut toujours que je dise une connerie, moi ! Je suis vraiment trop conne ! Pardon !

Thomas, gêné à son tour par le comportement de Marie…

— Non Marie ! Ne t'excuse pas ! Tu ne savais pas ! C'est moi qui devrais m'excuser de t'avoir répondu sur ce ton. Tu n'y es pour rien.

Ma tante intervint !

— Es-tu sûr Thomas qu'ils sont tous décédés ?
— Tante Sylvia ? Que veux-tu dire ? Pourquoi cette question ?

Ma tante qui avait assisté à la conversation sans dire un mot s'approcha de notre petit groupe…

— Ce que je veux dire, mes enfants… c'est que tout ce que vous avez, c'est le récit d'une femme en colère. Après tout, qu'en sait-elle ? Et ne vous a-t-elle pas dit ce qu'elle voulait ? N'était-ce pas intentionnel ? Mais vous êtes des enquêtrices toutes les deux, non ? Vous êtes tous de jeunes gens intelligents ? Vous n'allez pas vous arrêter là ?

Il y eut un silence assez éloquent et nous nous sommes tous regardés ! Ainsi, ma tante venait de marquer un point, une fois de plus. Je lui pris la main affectueusement et la félicitai.

— Tu as raison ! Marie vient de nous ouvrir les yeux !

J'ai pris dans mes bras mon amie. Je l'ai embrassée très fort. Grâce à elle nous allions peut-être reprendre un peu d'espoir.

— Là ! Il faut m'expliquer mes chéris ! Je ne comprends rien à votre histoire. Est-ce que les parents biologiques de ce bel homme sont morts ou pas ? Et qu'ai-je encore fait ? J'ai dit une connerie et je récolte un baiser ! Vous êtes bizarres ! Non ?

Nous avons fait le récit de notre entrevue avec Nohra Durieux à nos invités en omettant volontairement quelques détails.

C'était clair pour nous qu'il n'y avait aucun espoir de retrouver la famille de Thomas.

Jusqu'à ce soir !

Sur ce, le petit Adrien arriva en courant.

— Maman ! Maxime est tombé de l'arbre et…

— Et… quoi ? Marie se leva brusquement.

— Il a saigné… berk. Dégueu ! Mais Ayiana l'a soigné avec la pll. pleu.

— La quoi ? Dis-lui de venir.

J'avais compris. Elle avait dû arrêter le saignement avec du plantain.

— Je crois, Marie qu'il veut dire la plante.

— Oui oui c'est ça ! Il a plus rien. Ayiana c'est une magicienne, tu sais maman, c'est la fée des bois comme dans le dessin animé.

Les enfants suivis par Orion sont rentrés. En effet nous pouvions constater que Maxime ne présentait qu'une petite plaie à la jambe qui, de plus, ne saignait pas. Les enfants nous ont expliqué qu'il était tombé et qu'Aiyana avait appliqué une petite feuille mouillée sur la blessure. Selon eux, par magie, le sang s'était arrêté de couler très rapidement. Les garçons étaient tout excités. Ils appelaient notre fille « la fée des bois », en référence à un personnage de dessin animé. Avec son chat noir, elle faisait « des trucs magiques ».

Nous avons passé une étonnante soirée. Marie, par maladresse, nous avait donné un peu d'espoir. Nous nous étions promis de faire des recherches dès le lendemain matin afin d'en savoir plus sur le lieu du drame. Aussi, nous avions un peu d'espoir de retrouver des survivants.

Quant à Ayiana, elle comptait « ses sous ». Elle était satisfaite, selon ses propres mots, de sa soirée d'anniversaire. Elle avait récolté une « petite fortune » pour ses amis.

IV

Kowich ?

À la pause-déjeuner, Marie est venue me rejoindre dans mon bureau.

— Alors ? On la commence cette enquête, mon Capitaine ?
— J'ai un rapport à finir et on s'y met.
— OK. Je vais chercher des sandwichs à côté en attendant. Je te prends quoi ?
— La même chose que toi.
— Très bien, j'y vais, mais à mon retour je ne veux pas te voir encore le nez dans ton rapport !
— Bien, bien ! Tu as raison. Je termine.

Mon équipière était très emballée et j'avoue que cela me faisait du bien. Avec elle à mes côtés, j'avais changé ma façon de travailler. Nous formions un duo. Nos capacités étaient différentes et complémentaires à la fois. J'avais dû m'adapter. Au début ce n'était pas facile. Je dois avouer que son dynamisme, que je prenais pour de l'instabilité, m'agaçait. Mais je compris très vite que c'était en fait de l'énergie positive qui l'animait ainsi et qu'elle me transmettait. Elle était spontanée et généreuse.

— Voilà les sandwichs ! Jambon, salade et cornichons !

— Merci, c'est super !

— Alors par quoi on commence ?

— Eh bien… je pensais que nous pourrions interroger un des acolytes de Durieux.

— Tu penses à qui ?

— À ce bon vieux Kowich ! La dernière fois que je l'ai interrogé, il n'a pas été très long à parler. De plus, lorsqu'il a un verre dans le nez il devient très bavard !

— Ah oui ! Je vois et tu comptes faire comment pour lui faire boire un verre de vin en prison ? Tu te souviens qu'il est derrière les barreaux et pour très longtemps grâce à toi !

— Premièrement, nous devons joindre son avocat. Il nous faut l'autorisation pour l'interroger. Ensuite… je ne sais pas… il a toujours soif ! Non ?

— Tu n'es pas sérieuse ?

— Non ! Évidemment ! Mais j'aimerais tellement qu'il parle !

— Bien ! Ne nous emballons pas !

À ces mots, je me mis à pouffer de rire !

— Oh là ! Qu'est-ce qu'il te prend ma grande ?

— Toi, Marie ! Qui me dis de ne pas m'emballer ! Permets-moi de rire un peu !

— Ce que je voulais dire… c'est commençons par le début. Tu connais son avocat ?

— Oui, il a été commis d'office pour le défendre. C'est maître Duguist Christophe.

— Très bien, nous ne devrions pas avoir de problème pour avoir l'autorisation de rendre visite à ce Ko… quoi déjà ? J'ai déjà oublié.

— Jean Kowich ! Un salopard de la pire espèce. Mais ce sera plus facile d'obtenir des renseignements avec lui qu'avec le père Durieux.

— Oui… mais tu lui fais confiance ?

— Là, ma chérie… certainement pas. Mais j'obtiens toujours quelque chose de ce type.

— OK, je te suis. On appelle l'avocat ?

— On l'appelle !

L'avocat de Jean Kowich n'avait pas posé de question. Il avait fait rédiger dans l'heure, par son assistante, un droit de visite pour nous.

Nous avons réservé une matinée de congé afin de nous rendre au centre pénitentiaire de Marseille. Jean Kowich avait été informé de notre visite.

Sur la route, je pris soin de dresser le portrait du personnage que nous allions visiter. Mais pendant que je faisais un bref résumé des divers entretiens que j'avais eus avec cet énergumène, il m'était difficile de ne pas me remémorer la rencontre du mois de juillet 1990, lors de mon voyage onirique. Kowich devait avoir alors 25 ans et présentait déjà les attributs d'un futur malfrat. Il était condamné. Sa personnalité était celle d'un parfait abruti, si précieux pour Durieux. Il lui obéissait et était prêt à commettre les pires crimes pour se donner de l'importance. Que pouvait-il faire d'autre ? Durieux le savait bien et exploitait déjà ce côté stupide et soumis du personnage. Chacun avait besoin de l'autre.

Alors que nous patientions au parloir, je pensais que cela faisait dix ans que Kowich était incarcéré. Après toutes ces années, il avait le temps de réfléchir. Peut-être avait-il changé, pensais-je. Les gens évoluent parfois !

Lorsqu'il arriva, en effet, je pus constater qu'il avait changé. Physiquement ! Ces dix années de prison l'avaient terriblement affecté. Il devait avoir environ 70 ans, mais il en paraissait 80. Sa démarche si particulière s'était aggravée. À présent, il trainait la jambe. Il était courbé et même bossu.

Lorsqu'il me vit, il esquissa un demi-sourire. Curieusement j'ai cru apercevoir comme une sorte de signe amical. On aurait pu croire qu'il était heureux de me revoir. Pourtant je l'avais puni. J'étais responsable de son destin. Mais cet homme était un personnage simple d'esprit. Son psychiatre ne disait-il pas de lui « il a des lutins dans la tête » ? Ainsi, je me surpris à le saluer, gentiment, d'une voix douce, presque compatissante.

— Bonjour, monsieur Kowich. Comment allez-vous ?

— Salut, la blonde ! Tu ne peux pas te passer de moi, n'est-ce pas ? Hé ! hé ! qu'est-ce que tu m'amènes là ! C'est un joli petit lot ! c'est qui la jolie brune que tu m'amènes ?

— Bonjour, monsieur Kowich. Je m'appelle Marie. Je suis gendarme. Adjudant plus exactement. Je travaille avec le capitaine Halbasque à Antibes.

— Capitaine ? Et ben ! La blonde… on a pris du grade ! C'est bien… c'est bien… je suis heureux pour toi. Mais qu'est-ce que tu veux encore ?

Jean Kowich reniflait bruyamment et ne cessait de taper des doigts sur la table.

— Monsieur Kowich… je…

— Pas de monsieur entre nous… tu vois… toi et moi on est liés. Hein c'est comme ça qu'on dit. Hein ? T'as vu ? Je cause bien ! Ils m'ont donné des bouquins ici ! Alors ? Oh pardon ! Il paraît faut pas comment que c'est déjà ? Ah oui ! Couper la parole ! Tu disais ?

— Voilà ! je voudrais vous poser des questions au sujet d'un voyage que vous avez fait avec monsieur Durieux en Amazonie… en avril 2010.

— En Amazonie ? Avec le patron ? Ouais ! Peut-être bien ! Et alors ?

— Oui, vous savez dans la forêt amazonienne ! Monsieur Durieux avait une affaire à régler et vous et vos compagnons êtes partis pour l'aider.

— 2010… ouh là c'est loin ! Et c'était quoi c't'affaire ?

Marie commençait à s'impatienter. Ses grands yeux bleu marine s'écarquillèrent démesurément ! Elle tapa contre la vitre. Kowich se mit à glousser, laissant entrevoir une bouche considérablement édentée. Puis il se mit à se balancer sur sa chaise.

— Eh l'abruti ! Tu sais très bien de quoi on veut parler ! Alors, parle !

— Hé ! hé ! nerveuse la brunette ! J'aime ça ! Et j'aurais quoi en échange ?

Mon équipière poursuivit :

— Tu veux quoi le macaque ?

— Tu proposes quoi ?

— Raconte et on discutera après ! Arrête de faire le malin. On peut faire en sorte que ta vie devienne insoutenable en taule. Alors, crache le morceau, débile ! Réponds aux questions du capitaine Halbasque et bouge-toi !

— OK OK. Oui, je sais de quoi tu veux parler. On a… descendu ces espèces de… sauvages. Le curé ici m'a dit que c'était pas bien. Mais avant je savais pas, moi !

— C'était où exactement ?

— Un truc bizarre comme : chez les Shipi quelque chose comme ça. C'est marrant comme nom vous trouvez pas ? non ?

Il se mit à ricaner. C'était insupportable. Je repris l'interrogatoire.

— Pas vraiment non ? Comment les avez-vous tués ?

— Mitraillettes, lance-flammes. Ha, ha. Tu vois… comme Rambo quoi ? On était tous des Rambo.

— Est-ce qu'ils sont tous morts ?

— J'en sais moi ? répondit-il en se grattant la tête.

Puis il poursuivit en souriant niaisement :

« Ils criaient. Bah… va savoir… y en avait bien un ou deux qui couraient vers la jungle… ouais maintenant que tu me le dis ! Ouais la blonde… ouais, peut-être bien que… bof j'en sais rien moi... peut-être bien qu'ils ont pu s'échapper. Ouais y en avaient qui couraient comme des lapins. Et puis quoi les filles ? On s'en tape… non s'il en reste ou pas, non ?

Il se remit à gratter fortement son crâne dégarni en se dandinant. Même ce geste anodin m'insupportait. À vrai dire, tout en lui m'insupportait. Son regard, ses gestes et que dire de sa façon de s'exprimer ?

Le peu de pitié que j'avais cru éprouver en arrivant venait de s'évaporer. Ce que je ressentais à présent s'apparentait plus à de la haine.

Cependant une petite étincelle venait de s'allumer : il y avait des survivants !

C'était ça le paradoxe Kowich ! Chaque fois que j'avais affaire à cet être abject, c'était la même chose. Ce sentiment de haine et de dégout et puis… la toute petite lumière au bout du tunnel. Ce personnage parlait encore et toujours ! Et en fin de compte, il m'apportait la solution.

Nous étions là, tous les trois, imaginant la scène. Ces pauvres gens surpris pendant une fête, un rituel, un rassemblement. Des hommes, des femmes, des enfants et des animaux surpris par des tirs. Des cris et des flammes submergeant la forêt. La peur et l'incompréhension marquant les visages des innocents contrastant avec ceux des assassins conquérants, satisfaits et souriants.

Kowich ne semblait éprouver aucun remords. Il nous regardait toutes les deux, bien en face avec ce sourire… Oh seigneur ! Ce sourire en coin que je déteste à un point !

Marie laissa échapper son ressenti.

— Quelle horreur ! Vous vous rendez compte de ce que vous avez fait ?

— C'est du passé, ma petite poulette ! Je fais plus rien maintenant. J'me tiens à carreau, tu vois ! Comme on dit ! Je fabrique des jouets en bois pour les enfants ! Ouais ouais, c'est marrant ! non ?

— Monsieur Kowich, vous vous souvenez du nom du Pays et de la ville la plus proche ou vous étiez en Amazonie ?

— Capitaine Halbasque ! C'est bien ça ton nom ?

— Oui. Mais je vous ai posé une question, monsieur Kowich !

— Ouais, ouais, je sais ! Et pourquoi t'es pas mariée, la blonde, avec le fils du patron ? Hé hé ! T'avais la pétoche de t'appeler Durieux ! Hein ? Capitaine Durieux ! Oh là ! Ça en jette pourtant !

— Stop ! ça suffit Kowich ! Répondez au capitaine !

— Nerveuse la petite brune ! T'es le chien de garde du capitaine ? Et si je disais plus rien ? Hein, les fifilles ?

— Arrêtez votre cinéma !

— Oui j'arrête Capitaine, à vos ordres ! C'est ça que tu veux ! Ouais ? Et ben j'arrête ! Ah ah ! Gardien ! gardien ! j'ai fini avec les meufs !

— Allez, c'est bon, viens Sophie on y va. On n'en tira rien de plus. On va trouver, ne t'inquiète pas.

— Oui, tu as raison. Ce type, ce type… je ne le supporte pas.

— J'avoue qu'il est odieux.

— Je t'avais avertie.

— C'est vrai ! Tu l'as fait !

— Nous devons rechercher parmi les peuples d'Amazonie s'il y en a un qui porte le nom de « Shipi » ou quelque chose d'approchant.

— Ensuite on cherchera s'il a été victime d'une attaque en avril 2010.

— Exactement mon Adjudant ! Ce ne doit pas être trop difficile.

Nous avons appris par un quotidien numérisé datant du 27 avril 2010 qu'un campement avait été détruit par le feu le 26 avril 2010 au Pérou. L'article rapportait qu'un petit village installé en bordure de la forêt amazonienne avait été attaqué, mais il ne donnait pas de détails sur les agresseurs. Les victimes appartenaient à différents peuples indigènes, selon la police locale. Certaines personnes décédées venaient même de pays, voire de continents autres que l'Amérique du Sud. Les autorités estimaient qu'il s'agissait d'un rassemblement religieux. En outre, aucun article de presse ne mentionnait la possibilité de retrouver des survivants.

— Qu'est-ce que tu en penses Marie ?

— Je pense que nous devons nous rendre sur place. Nous devons aller vérifier par nous même s'il s'agit bien du campement de Thomas !

— Je crois aussi, mais nous allons avoir du mal à obtenir un congé en même temps !

— Essayons !

V

C'était le Pérou

Mai 2049,

À la suite de maintes négociations, nous avons obtenu, tous les quatre, Marie, Cédric, Thomas et moi, une semaine de congés. Après avoir mis à jour nos vaccins et préparé notre voyage, nous avons confié Ayiana, Orion et Lola à ma tante et nous sommes partis sans savoir ce que nous allions trouver sur place.

Nous avions l'espoir de rencontrer quelqu'un qui aurait été témoin du drame ou du moins qui pourrait nous renseigner. Nous étions positifs et espérions trouver des réponses au bout de ces 29 h d'avion.

Thomas était anxieux, mais Cédric faisait son possible pour qu'il se détende. Nos amis étaient là pour nous soutenir et c'était important.

Après une nuit passée à l'hôtel de Pucallpa au Pérou, nous avons loué une voiture pour nous diriger vers la forêt amazonienne. Nous avions repéré sur le plan des petites communautés disséminées sur notre route et notre intention était d'interroger ses habitants. Nous étions un peu perdus et conscients que notre démarche avait peu de chance d'aboutir. Ce territoire est immense. Le peuple indigène que nous recherchions n'existait sans doute plus. Au fur et à mesure que le 4x4 s'éloignait de la ville, nous pouvions rouler des heures entières sans rencontrer personne. Et puis soudain, comme une apparition, sur le bord de la route, une femme en costume traditionnel, portant un nourrisson dans une mante… Nous décidâmes de nous arrêter afin de lui demander si elle pouvait nous indiquer si nous étions proches d'un village. Thomas l'aborda en espagnol. Mais c'est en quechua que celle-ci nous indiqua que nous étions à moins de 10 kilomètres d'une petite collectivité. Notre traducteur électronique avait été bien utile.

Il était déjà très tard, la nuit commençait à tomber lorsque nous sommes arrivés dans le village. Les habitants nous ont néanmoins bien accueillis. Une cérémonie chamanique était sur le point de débuter. On nous indiqua la maison dans laquelle elle allait se dérouler. Nous devions comprendre alors que nous étions conviés. J'avais déjà entendu parler des cérémonies chamaniques et j'étais ravie de pouvoir y assister. Nous étions épuisés, mais portés par la curiosité, il nous était difficile de résister.

À la fin de la cérémonie, l'homme revêtu d'un costume très coloré et qui avait dirigé ce qui s'apparentait à un rituel s'approcha de Thomas.

— Qui es-tu ?
— Bonjour, mon nom est Thomas Durieux, je suis ravi de vous rencontrer. C'était très intéressant !
— Qui es-tu ?
— Nous venons d'arriver et…
— Que cherches-tu ?
— Nous sommes à la recherche de…
— Tu es un enfant Shipibo ?
— Non pas du tout, je suis…

L'homme que nous pensions être un guérisseur se mit à tourner autour de Thomas. Une vieille femme vint le rejoindre. Elle se plaça face à nous, ferma les yeux, puis sans dire un mot prit la main de Thomas. Nous pensions avoir affaire à une sorte de spectacle pour touristes. Nous étions méfiants. Marie et Cédric étaient eux, plus sereins, voire même amusés par la situation.

— Vous pouvez nous renseigner ? demanda mon compagnon.
— Que voulez-vous savoir ? interrogea la vieille dame, tout en gardant les yeux fermés.
— Nous recherchons quelqu'un qui aurait été témoin d'une… attaque. Cela s'est produit en 2010, pas très loin d'ici. Une communauté a été sauvagement attaquée par des mercenaires.
— Pourquoi tu poses ces questions ?
— Savez-vous quelque chose ?

— Moi non, mais toi, tu y étais ! N'est-ce pas ?

— Oui, c'est vrai. Mais j'étais très jeune. J'étais un nouveau-né.

— Je connais quelqu'un qui peut t'aider. Attends ici.

Thomas se leva et sortit de la tente. Je le suivis.

— Qu'est-ce qu'il se passe, Thomas ?

— Tu entends le tambour ?

— Thomas ?

— Oui, Sophie !

— Thomas, je n'entends pas de tambour ! Je n'entends que des gens qui parlent. Où vas-tu ? Viens ! C'est de ce côté ! Nous devons attendre.

— Sophie… tu vois cette lumière ? On dirait un feu de camp ! C'est une veillée ? Sophie ?

« Je vais voir. Je te rejoins plus tard. Ce doit être une fête ou quelque chose comme ça. On dirait qu'il y a beaucoup de monde.

— Thomas ? Ça ne va pas ? Tu trembles !

Thomas venait de perdre connaissance. Aidée par des gens du village, je l'ai porté sous une tente. Nous l'avons couché. Il délirait.

— Que lui arrive-t-il ? Thomas ? Réveille-toi ! mon amour !

Le chamane s'approcha.

— Ton ami a été conduit dans le passé par les esprits. Ne le réveille pas ! Ce pourrait être dangereux pour lui !

— Mais que signifient ses paroles ?

— Il décrit ce qu'il est en train de vivre ! Pour lui c'est une réalité !

En effet Thomas semblait plongé dans une sorte de rêve éveillé. En l'écoutant, je compris qu'il vivait quelque chose de fort :

« J'avance dans la forêt. Le soleil s'est couché. La végétation devient de plus en plus dense et le son du tambour de plus en plus fort. Les vibrations m'attirent. Je vois des tentes. Certaines ressemblent à des tipis. J'entends des chants. C'est merveilleux ! Sophie, j'aimerais que tu les entendes ! Je vais m'approcher. Je ne veux pas interrompre la fête, mais je me sens captivé. Je reste un peu en arrière, caché derrière un buisson. Le son du tambour me touche. Il est fort. Il y a des chamanes de tous les horizons. Les costumes sont divers et colorés. Des hommes portent des coiffes de plumes. D'autres portent des bois de cerfs ou des crânes. Je dois aller voir de plus près. C'est une belle nuit de pleine lune, je peux voir leurs visages peints. Un énorme loup blanc majestueux est couché près d'une femme à la peau claire. Ses cheveux sont magnifiques. De longues boucles cendrées ornent son visage. Ses yeux gris transparents me fixent. Elle me fait signe de m'approcher. J'avance doucement.

Soudain des bruits de moteurs. Des jeeps… une femme crie. Des enfants hurlent. Des éclairs dans l'obscurité, des sons de mitraillettes… des gémissements. Comme un irresponsable, un fou, je sors de mon abri. Je veux intervenir. Je comprends… Non pas encore… cela ne doit pas recommencer ! Alors je crie « arrêtez ! non ! » je veux les sauver ! Je dois les sauver ! Des gens courent vers la forêt, mais ils sont vite rattrapés par les tirs ou les flammes. Les agresseurs sont en tenues militaires. Ils ricanent à chaque fois qu'ils atteignent leur cible. Ils ont des lance-flammes. Je cours au milieu des assaillants, mais ils ne me voient pas. Ils semblent ignorer ma présence. Inconscient que je suis, je me positionne entre les assassins et les victimes et je hurle. Mais je suis… je ne sais pas… tel un être invisible ! Ils m'ignorent. Un homme tient dans ses bras un nourrisson emmitouflé dans une couverture. Il porte des lunettes vision nocturne comme les militaires et arbore fièrement un énorme cigare coincé entre ses dents. Je cours vers lui et tente de lui reprendre l'enfant, mais cela m'est impossible. Il me passe au travers ! Je tombe à genoux près des cadavres défigurés, brûlés. Ces belles personnes qui quelques minutes plus tôt offraient au monde la preuve que les hommes pouvaient être frères, quel que soit leur pays d'origine. Je suis dévasté. Je regarde autour de moi et je pleure. Je reste allongé près des cadavres. Je ressens une énorme tristesse. Recroquevillé, je sanglote, j'ai froid, j'ai la nausée. Et lorsque je tente de me lever, tout tourne autour de moi. Le ciel, les étoiles, toute la galaxie tourne. C'est vertigineux ! Où suis-je ? Où est la forêt ? Il fait sombre et... Sophie ? Qu'est-ce qu'il se passe ? Tu dors ? Qui est à côté de toi ? Mon amour, tu es si belle ! Mais c'est moi ! Mais où sommes-nous ? Je ne comprends pas ! Tu es plus jeune et... quel est cet endroit ? On dirait un appartement ? Pourquoi dormons-nous tous les deux dans ce petit canapé ? Réveille-toi mon amour, j'ai besoin de toi ! Que se passe-t-il ? J'ai quelque chose à te raconter. Tu ne m'entends pas ! J'ai fait un rêve horrible ! Sophie ? Tu ne me vois pas ! Je crois que je rêve encore ! Où vas-tu ? Et qui est cette petite boule de poils noirs qui me regarde ? Qui te regarde ! Tu lui parles, tu l'appelles Nahnah et elle miaule. Elle te suit.

« — Pourquoi la jeune Sylvia avait-elle prononcé ces mots « on ne change pas le passé » ? Et si elle avait raison ?

— Sophie, tu discutes avec le chat ?

Ça y est le Thomas « plus jeune » est réveillé ! et il te parles ! Ou bien devrais-je dire je te parle !

— Excuse-moi Thomas, je t'ai réveillé ?

— Non, ce n'est rien. Est-ce que Nahnah te répond ?

— Parfaitement !

— Quelle heure est-il ?

— Il doit être cinq heures environ.

— Tu permets que je me rendorme un petit peu ?

— Mais oui, rendors-toi !

— Allez, à tout à l'heure.

— C'est ça... à tout à l'heure, je te promets de ne plus faire de bruit. Nahnah et moi allons dans la cuisine.

— Merci, les filles.

« Mais que se passe-t-il ? Que faisons-nous là Sophie et moi ? Sophie ! Que tu es belle ! Je laisse Thomas se rendormir et je te suis ! Je vous suis !

Petite Nahnah ! Peux-tu me voir ? Tes yeux jaunes me fixent. Alors que toi, Sophie, tu m'ignores ! Tu t'endors sur la table contre la douce fourrure de la petite Nahnah. Et... mais où suis-je ? C'est l'orphelinat Jules Verne ! Sophie c'est ce que tu m'as raconté ! je crois que je vis ton rêve ! Et... Sophie et... moi nous sommes en train de parler à... mais oui ! Il s'agit de... mon père ! Je le reconnais ! Il est avec son complice... Kowich ! En 1990 ! Ce n'est pas un rêve ! Je peux voir cette scène précisément. Tout ce que tu m'as raconté je peux le voir. Je comprends à présent... Je crois bien que... J'étais bien avec toi, mon amour. Comment avais-je pu oublier ? Tout me revient. La rencontre avec ta tante, les rues de Nice en 1990, la promenade des Anglais, le tirage de Yi King, etc. Il faut que je te dise ! Il faut que je sorte de ce rêve ! Sophie !

— Sophie !

Thomas se réveilla en sueur.

— Sophie ? Tu es venue ?
— Thomas, comment ça va ?

— Sophie, tu as vu ce qu'il s'est passé ?
— Thomas, tu as fait un cauchemar ?
— Non… c'était réel. Tu ne comprends pas !

Le chamane s'avança :

— Comme je t'ai dit, ton ami a été conduit dans le passé par les esprits. Il semble qu'il vienne d'assister à quelque chose de terrifiant ! Mais ce n'était pas un rêve ! Du moins pas comme vous l'entendez. Les rêves permettent de voyager, c'est vrai !

— C'est vrai ! Il a raison, mon amour !

— Où les esprits t'ont-ils conduit ? interrogea le guérisseur.

— J'ai vu… ce qu'il s'est passé ! lui répondit Thomas.

— C'était ce que tu voulais ?

— En quelque sorte, mais…

— Tu voulais apprendre la vérité, n'est-ce pas ? Les esprits te l'ont montrée ! Que voulais-tu de plus ?

— Rencontrer un survivant, quelqu'un de ma famille. Je suis venu dans cet espoir un peu fou, peut-être.

— Tu l'as déjà rencontrée ! affirma l'homme mystérieux en nous quittant.

— Je ne comprends pas. Qui ai-je rencontré ?

Puis en s'éloignant… l'homme nous tournant le dos…

— Tu as rencontré ta mère, mon petit !

Thomas excédé, se leva, jeta les couvertures, se mit à hurler. Je pouvais ressentir sa souffrance, sa douleur.

— Elle est en vie ? Ou vous voulez dire… non pendant le massacre ? Dans mon rêve ? Arrêtez vos mystères ? Votre comédie pour touristes. Ça suffit ! Je vais rentrer chez moi. Viens Sophie ! Et que m'avez-vous donné à boire, hein ? Je sais ce que vous faites pour gagner votre vie… hein ? Des champignons ? Des plantes magiques ?

À ce moment, je sentis quelque chose venir se placer sous ma main. Je me tenais debout face à Thomas. Mon émotion était forte. C'était doux, chaud et un peu rugueux à la fois. Je n'osais regarder. Et puis doucement, je baissais la tête. J'avais sous la main le museau d'un loup ! Blanc comme la neige ! Une femme âgée d'une grande beauté se tenait à ses côtés. Elle avança vers Thomas, le serra contre elle et lui dit :

— Chayton, mon enfant !

Ce qui se passa ensuite, je ne l'oublierai jamais. Nous nous sommes tous assis sous la tente telle une famille qui venait de se retrouver. Nous parlions tous en même temps. Marie et Cédric étaient souriants, si heureux d'avoir participé à un tel évènement. Notre groupe était constitué de personnes jeunes et moins jeunes. De touristes en manque de spiritualité. Toute la communauté était là ! Des enfants dansaient autour de notre cercle. C'était incroyable. J'avais des questions, des tas de questions à poser à Thomas, à sa mère, aux personnes qui vivaient dans ce campement et qui semblaient connaitre l'histoire de Thomas. Mais l'ambiance était festive. Des femmes nous servaient de la nourriture, il y avait de la musique et je n'arrivais pas à approcher Thomas. Ou devrais-je dire « Chayton » ? Il y avait beaucoup de bruit. Des gens me souriaient, me parlaient. Soudain mon regard croisa celui de mon bien aimé. Je décidais de me frayer un passage à travers la foule afin de le rejoindre. Je m'assis à ses côtés, il m'embrassa tendrement.

— Sophie, mon amour, ce qui nous arrive est incroyable ! Approche ! Je te présente ma mère Winona !

— Je suis ravie de faire votre connaissance Winona !

— Je suis très heureuse de vous rencontrer Sophie !

— Et comment s'appelle ce magnifique loup ?

— C'est une louve. La petite fille de mon tout premier loup sacré qui est mort en essayant de protéger Chayton. Elle se nomme Tala qui signifie « Loup qui traque ». Sa mère a été tuée par un chasseur. Ce qui l'a rendue très vigilante. Mais elle sait aussi être très joueuse.

— Elle est vraiment magnifique ! Mais dites-moi, vous n'êtes pas originaire du Pérou ! N'est-ce pas ?

— Non bien entendu ! Ma famille est originaire de la province de Saskatchewan au Canada. C'est là que sont nés les ancêtres de Chayton.

— Chayton est un prénom canadien ?

— Plus précisément un prénom « Windat » qui signifie « faucon esprit de feu ». Son grand-père était Windat, c'est pourquoi nous l'avons appelé ainsi.

— Vous avez survécu au massacre. D'autres personnes ont-elles eu autant de chance ?

— Nous étions une dizaine à avoir survécu, mais depuis certaines ont succombé à leurs blessures. D'autres sont mortes de vieillesse ou de maladies sans rapport avec la tuerie.

— Vous êtes restée au Pérou. Pourquoi n'êtes-vous pas rentrée au Canada ?

— Je suis partie dès que mes blessures physiques ont cicatrisé. Les personnes de cette communauté se sont bien occupées de moi. Ce sont des gens formidables. Nous sommes devenus amis. Mais je suis revenue souvent. J'attendais le retour de mon fils.

— Vous saviez qu'il allait revenir ?

— Les esprits me l'avaient annoncé !

— Vous êtes chamane ?

— Oui, je le suis !

Thomas me serra très fort contre lui. Ses beaux yeux gris, pareils à ceux de sa mère brillaient.

— Ma chérie d'amour. Tu interroges ma mère à la manière d'un gendarme ! Doucement ma puce.

Puis il prit sa mère contre lui et posa un baiser sur son front.

— Mère, il faut excuser Sophie, elle a tant de questionnement. Et puis il ne faut pas oublier que c'est aussi son métier.

— Je veux tout savoir. Ces retrouvailles sont extraordinaires. Tu es heureux ?

— Oui, je le suis ! Mère ! Et dis-moi… mon père est-il en vie ? Ici ? Ou peut-être au Canada ?

— Non hélas, ton père, Adriel, n'a pas survécu à la tuerie.

— Que lui est-il arrivé ?

— Il est sorti de la tente lorsqu'il a entendu les coups de feu. Un des agresseurs l'a abattu ! Comme un animal ! Je n'oublierai jamais le visage de cet homme. Il était habité par un esprit maléfique. Son ombre planait autour de lui, je pouvais la voir, la sentir. Elle était terrifiante. Il ricanait très fort chaque fois qu'il tuait l'un d'entre nous. J'ignore comment j'ai survécu à mes blessures, mais lorsque je me suis éveillée au milieu des miens blessés, morts et le campement embrasé, je me suis précipitée dans notre hutte et tu n'étais plus sur ta couche. J'ai hurlé de toutes mes forces. Je t'ai cherché dans la forêt pendant des jours. Ensuite je suis tombée malade. J'ai évoqué les esprits des ancêtres et ils sont venus à moi. Ils m'ont aidé à surmonter ma peine et m'ont assuré que tu reviendrais en compagnie d'une superbe compagne qui représenterait la justice. Et nous voilà tous les trois ! Pendant des années je me suis accrochée à cette prophétie. Je n'ai vécu que pour ce jour et il est enfin arrivé.

Nous étions enlacés tous les trois. Mon cœur battait si fort ! Thomas se dégagea gentiment, regarda sa mère et lui demanda d'une voix émue.

— Mère, comment était mon père ?

— Adriel était un artiste ! Il peignait des paysages ! Lorsque vous viendrez au Canada, je vous montrerai ses toiles. Elles sont de toute beauté ! Il cuisinait aussi très bien ! Il était merveilleux. Un mari très aimant. Il me manque terriblement.

— Je suis désolée Winona ! Thomas, je veux dire Chayton ressemble beaucoup à son père alors ! Il a fait de notre maison un véritable paradis. C'est son côté artiste ! Il cuisine très bien aussi. Et c'est un père et un mari remarquable !

Soudain mes pensées allèrent vers Ayiana. Winona prit affectueusement ma tête entre ses mains.

— Ma belle, tu es une femme comblée. Je partage ton bonheur. Et je suis impatiente de rencontrer Ayiana ! Les esprits m'ont prévenu de sa naissance.

— Mère, venez chez nous !

— Je te remercie pour ton invitation, mais cela devra attendre.

— Pourquoi mère ? demanda Thomas.

— Mes enfants, Ayiana devra venir avec moi au Canada. Lorsqu'elle approchera de ses treize ans, nous devrons la préparer.

— Que veux-tu dire mère ? La préparer à quoi ?

— Chayton, Sophie, votre fille est spéciale et vous le savez bien. N'est-ce pas ? Mais en attendant ce jour, Sylvia doit continuer à la former à la médecine naturelle.

— Sylvia ? Ma tante ?

— Oui Sophie ! Précisément ! Elle a déjà fait énormément pour l'apprentissage de votre fille. Cette femme est un ange !

— Vous vous connaissez ?

— Nous nous rejoignons souvent, en rêve et échangeons à propos de vous trois. Elle m'a fait visiter sa forêt. Je l'ai invitée dans la mienne au Canada. Un jour nous nous rencontrerons physiquement.

— En quoi consiste cette préparation ? Sylvia était-elle au courant du destin d'Ayiana ?

— Bien sûr mon fils ! Elle lui a enseigné les prémices de la phytothérapie afin de la préparer à devenir femme médecine.

— Cela fait-il partie de sa formation de chamane ? m'enquérais-je.

— Je vais tout vous expliquer. Mais n'allons pas trop vite.

— Mais j'ignore ce qu'est exactement un chamane, Winona, et comment être sûre qu'Ayiana est chamane ? Et Thomas… est-il chamane aussi comme vous ? Est-ce que cela se transmet ?

— Ma chérie, n'ayez crainte ! Je vous sens angoissée !

— C'est vrai, je suis un peu perdue ! Devient-on chamane par le sang. Est-ce de famille ? Est-ce qu'on nait chamane ? Ou est-ce qu'on le devient ?

— Sophie, Sophie… calme toi mon petit ! Je comprends ta réaction. Écoute ! Dans la plupart des cas on nait chamane. Manifestement on se rend compte très tôt si un enfant a des dispositions. Ce qui est le cas d'Ayiana n'est-ce pas ?

— Oui mère ! répondit Thomas sur un ton solennel.

— En outre, si on sait que, dans sa famille, un de ses ancêtres était chamane, on le suit afin de voir s'il a des capacités. Mais ce n'est pas toujours comme cela ! Si ses aptitudes se développent, alors on sait qu'il sera chamane !

— Je comprends Winona ! Et quel est son rôle ?

— Dans notre communauté, un chamane est avant tout un personnage spirituel ! Il est prophète et devin. Son rôle est de la plus haute importance : il doit restaurer et maintenir l'équilibre entre le monde visible et le monde invisible. Et lorsqu'il y a des problèmes de santé, de haine, ou des animaux malades dans les communautés, c'est parce que le monde invisible est en désaccord avec le monde visible. Les chamanes interrogent les esprits pour comprendre et pouvoir restaurer l'équilibre. Le chamane est aussi celui qui soigne. Il est guérisseur et en contact avec la nature. Il communique en permanence avec le monde animal, végétal et minéral.

Tout cela m'inquiétait. Comment mon bébé allait-il pouvoir devenir l'être que cette femme me décrivait ? Je fis part de mon appréhension.

— C'est impressionnant ! C'est beaucoup pour une seule personne ! Et Ayiana est si jeune !

— Et dites-moi, comment va Orion ? Est-ce qu'il prend bien soin de votre enfant ?

— Oui, il va bien… Mère ! mais comment sais-tu pour Orion ?

— Les esprits l'ont envoyé pour veiller sur elle. C'est un amour de petit chat. Le meilleur qui soit. Je l'ai bien connu. Il a été mon guide et mon protecteur aussi lorsque j'étais enfant.

— Mais nous l'avons rencontré à Garfait ! Comment… comment est-ce possible que… ?

— Sophie, ma chérie… Ah Garfait ! Féérique cette forêt n'est-ce pas ? Vous avez fait la connaissance d'Aïcha ou devrais-je l'appeler Barbara ?

— Aïcha Oui… mais… comment tout cela est-il possible ?

À quelques mètres, nos compagnons de voyage participaient à une veillée. Ils riaient, mangeaient, buvaient. La fête était très animée. La musique entrainante. Par chance, ils n'avaient pas participé à notre conversation.

C'était incroyable ! J'avais la tête qui virevoltait ! Le monde que j'avais connu venait de se transformer. J'aurais aimé que ma tante soit avec nous. J'avais besoin d'une explication logique. Mais y avait-il une explication logique ? Thomas en revanche ne semblait pas déstabilisé. Il avait l'air si heureux.

La louve Tala vint se coucher à mes pieds. Mes doigts glissèrent sur son poil d'une douceur incomparable et cela m'apaisa.

Winona poursuivit ses explications :

— Ayiana est venue au monde avec une prédisposition à devenir chamane, mais elle doit suivre un apprentissage.

— De quoi s'agit-il exactement ?

— Sophie, je sais que tu t'inquiètes pour ta fille, mais elle ne t'appartient pas. Et sache qu'elle est forte.

— Dites-nous de quoi il est question exactement, s'il vous plait !

— Ce sont des rites initiatiques. Nous les pratiquons depuis très longtemps déjà. C'est très important pour notre communauté. Ayiana devra s'isoler en forêt pendant quelques jours. Là, elle apprendra à survivre seule sous des températures glaciales. Le rituel du jeûne ainsi que la privation de sommeil feront partie des épreuves de passage. Puis elle apprendra des incantations.

— Mais ce n'est qu'une enfant ! Thomas ! Tu ne dis rien ! On ne peut pas accepter.

— Je m'inquiète comme toi, mais nous ne pouvons pas nous y opposer.

— Mes enfants, n'ayez crainte, elle s'en sortira très bien !

— Mère, dis-nous, ces épreuves feront d'elle un chamane ?

— Il faudra encore qu'elle accède à un état de transe qui lui ouvrira des perceptions encore inconnues. Elle se mettra souvent dans un état second. Sa conscience en sera modifiée afin d'accroître sa réceptivité. Puis elle accèdera à un espace grâce auquel elle sera capable de voyager par le rêve, hors du temps. Passé, présent, futur ne feront qu'un.

— J'ai si peur pour elle !

— Sophie, mon ange ! Je comprends ce que tu ressens, mais tout ceci est inévitable.

— Pourquoi Winona ?

— Il y a plusieurs étapes chez les chamanes de notre communauté. Lorsqu'elle était enfant, elle communiquait avec les esprits des animaux, elle avait des visions et elle pouvait ressentir certaines choses que les autres ne comprenaient pas. N'est-ce pas ?

— C'est vrai ! répondis-je.

— À l'adolescence se produira une crise déclenchante qui lui fera ressentir différents symptômes. Pendant cette période, elle devra se trouver parmi nous.

— Quels sont ces symptômes ? demanda Thomas très inquiet.

— Il est possible qu'elle passe par de terribles maladies, ou qu'elle ait des crises de terreur ou des pertes de connaissance.

— Mais c'est affreux, elle pourrait ne pas y survivre ! Winona, je m'y oppose !

— Sophie, tu ne peux pas ! C'est son destin !

— Mère… mais que se passe-t-il pendant ces crises ?

— Les jeunes qui passent par ces moments, souvent, choisissent de s'isoler dans la forêt ou dans le désert. Leurs visions se développent. Elles deviennent plus précises, plus intenses. Ils reçoivent la visite de l'esprit d'un ancêtre qui lui demande de prendre sa place. Et lorsqu'ils rentrent au camp, ils doivent fabriquer leur tambour. Et s'ensuit tout un rituel.

— Mère explique nous pourquoi est-ce que c'est à l'aube de ses treize ans que notre fille devra venir avec toi ?

— En fait, ce sera lorsqu'elle entrera dans sa féminité que son initiation en tant que femme se fera dans le clan. Nous lui enseignerons les cycles de la lune.

— Je suis sa mère. Je peux… je veux être là pour elle dans ce moment majeur. Je me suis préparée. Je sais comment aborder le sujet avec elle. Ma mère a été très présente. C'était très important pour moi et je voulais que ça le soit pour elle. J'ai imaginé cet instant. Je ne voulais pas qu'elle ait peur ou qu'elle interprète mal la situation. Elle aura besoin de sa mère comme j'ai eu besoin de la mienne. S'il vous plait !

— Ma belle, c'est son destin. Tu le savais n'est-ce pas ? Les esprits t'ont avertie lorsque tu étais enceinte ! Ils sont venus à toi, en rêve ! Ils ont choisi son prénom ! Tu as été choisie pour porter cette enfant, car toi aussi tu es spéciale ! Le monde a attendu cette enfant depuis longtemps. Les choses doivent se passer ainsi. Tu n'y es pour rien. Ton rôle a été des plus essentiels. Tu l'as rempli merveilleusement bien et la communauté te remercie. Tu l'as portée, mise au monde, choyée, protégée. À présent, c'est à nous de prendre le relais. Tu ne peux pas t'y opposer. Laisse les choses suivre le cours normal. Pour le bien de tous.

— Oui, je me souviens ! Vous avez sûrement raison Winona, mais… c'est difficile ! C'est notre fille !

— Elle est aussi ma petite fille ! Mais surtout celle qui doit changer les choses. Elle est née dans ce but. Je peux comprendre ce que tu ressens. J'ai été privée de mon fils pendant plus de trente ans. Qu'y a-t-il de pire pour une mère ? Toi tu l'as vue grandir, tu l'as tenue dans tes bras, alors que moi, on me l'a arraché de la pire manière qui soit !

— Excuse-nous mère ! Mais nous l'aimons énormément !

— Je sais. Je comprends, mes enfants. Vous avez été les meilleurs parents qui soient et je vous en suis reconnaissante, encore une fois. Mais ne vous inquiétez pas, elle passera très bien toutes ses épreuves et elle reviendra vers vous, encore plus forte.

Je ne pouvais imaginer ma fille vivant ces instants loin de moi, loin de son père. Même si le monde du chamanisme avait un côté enchanteur, je ne voyais qu'une chose : on m'enlevait ce que j'avais de plus précieux ! Très vite, je sentais retomber la joie des retrouvailles que nous venions de fêter. Comment pouvais-je me réjouir d'avoir une fille chamane ? Cette enfant si magnifique au destin peu ordinaire allait vivre loin de moi une expérience riche, mais douloureuse. Et moi, sa mère je ne serai pas à ses côtés pour la protéger ! Je me sentais mal, si mal.

— Elle reviendra ?
— Oui Sophie, un jour, vous la reverrez.
— Thomas, j'ai si peur !
— Moi aussi, mais nous ne devons pas nous mettre en travers de son destin.
— Je sais que tu as raison, mais…

Thomas me prit par la main et m'entraina hors de la tente.

— Chut… viens près de moi, mon amour ! Sophie, ma chérie, je dois te dire quelque chose.
— Je t'écoute. Qu'as-tu à me dire ? Il s'agit d'Ayiana ?
— Non, il s'agit de nous deux !
— Nous deux ?
— Lorsque je me suis évanoui, tout à l'heure, j'ai fait ce voyage étrange, pendant lequel je me suis retrouvé dans le passé. Je t'ai raconté que j'ai vu mon père, enfin l'autre, Durieux, massacrer ces gens…
— Oui, dis-moi… eh bien ça a dû être horrible.
— Oui, c'est vrai, c'était horrible et il s'est passé quelque chose. Quelque chose d'important !
— Tu as vu autre chose ?
— Oui.
— Quoi ? Dis-moi ! Qu'as-tu vu ?
— Nous… je nous ai vus ! Nous deux en 1990 ! Nous étions dans un petit appartement et nous étions plus jeunes. Tu étais avec une petite chatte noire que tu appelais Nahnah. Tu ne pouvais pas me voir, mais

elle oui. Enfin c'était mon impression. Ses grands yeux me fixaient.

— Chez ma tante Sylvia ! Je pense que c'est de cela qu'il s'agit ! Mais je ne comprends pas !

— Ensuite, je nous ai vus en train de parler à mon… enfin tu sais de qui je veux parler… dans la rue. Lui aussi était jeune. C'était incroyable ! Nous étions dans une rue de Nice devant un bâtiment. Je crois qu'il s'agissait de l'orphelinat dont tu m'as parlé. Durieux était avec un homme trapu à l'allure douteuse. Ce devait être Kowich l'homme dont tu m'as aussi parlé qui était le complice du meurtre de Barbara de La Noé.

— Tu as donc voyagé… comment je peux dire… dans mon rêve… Celui qui m'a permis de remonter dans le temps.

— Je pense qu'il s'agissait plus d'un souvenir.

— Que veux-tu dire ? Ce n'est pas possible !

— Ces images m'ont paru familières ! Je crois que j'étais avec toi et que cet état de transe dans lequel je me suis retrouvé tout à l'heure m'a permis de me souvenir. Tout m'est revenu ! Tu comprends ?

— Ainsi, je n'ai pas fait ce voyage dans le temps toute seule ! Tu étais vraiment là !

— Je pense avoir perdu la mémoire, à mon réveil, à l'hôpital. Je suis désolé si cela t'a fait du tort par la suite.

— Non, ce n'est rien, ne t'excuse pas. C'est du passé. Je comprends mieux aujourd'hui ce que nous partageons. Et puis… après tout… tu es fils de chamane… non ? Ce qui fait de toi l'être exceptionnel que j'ai toujours admiré.

— Mon amour, je n'ai rien d'exceptionnel. J'ai eu la chance de te rencontrer. C'est cela qui est exceptionnel ! Tu es la femme la plus merveilleuse qui soit.

Tout se bousculait dans mon esprit ! Je ne sais plus très bien si le mot est bien choisi, mais il y avait une espèce de tempête qui agitait mes pensées. Je regardais Thomas ou devais-je l'appeler Chayton et je le trouvais merveilleux. Je l'aime tellement. Il me prit contre lui, caressa mes cheveux et m'embrassa.

— Regarde nos amis ! Ils ont l'air de bien s'amuser. Ils sont infatigables ! Ils dansent, ils chantent ! Tu veux aller les rejoindre ? Tu as envie de faire la fête ?

— Je ne crois pas, non, je suis fatiguée ! Pas toi ?

— Oui, je suis carrément épuisé. Allons saluer ma mère et retirons-nous. La journée a été longue et bien remplie.

La mère de Thomas nous proposa de partager sa tente. Nous acceptâmes.

Nous lui avons posé de nombreuses questions concernant les rituels chamaniques. Nous étions inquiets pour notre fille. Elle nous expliqua en quoi les pratiques comme le jeûne et le fait de s'isoler dans la nature étaient des épreuves authentiques et nécessaires afin de stimuler l'imagerie mentale. Nous n'étions pas rassurés pour autant.

Tard dans la nuit, nous nous sommes endormis, blottis l'un contre l'autre sous la surveillance de la merveilleuse Tala. La nuit était fraîche.

Très tôt le matin, Winona avait quitté la tente suivie par sa louve. Je suis sortie. Debout face au soleil, les bras levés, ses courbes de femme mûre associées à de longs cheveux argentés, ondulés, laissaient passer gentiment les rayons du soleil, dessinant ainsi quelque chose de sacré, de beau et d'émouvant à la fois. Au travers de l'image de la silhouette de cette femme qui honorait l'astre de feu, c'était la première fois, depuis que nous avions atterri au Pérou que je me rendais compte à quel point ce pays avait tant à offrir.

Lorsque Thomas s'éveilla, nous avons eu droit à un petit déjeuner fait de quinoa, de tamales de maïs et d'un jus de fruits frais servis dans un petit bungalow par le chef du village. Nos amis n'étaient pas encore bien réveillés. De leurs aveux, ils avaient un peu trop fait la fête la veille.

Ils avaient apprécié l'accueil chaleureux des gens du pays et étaient enchantés d'avoir participé à une fiesta aussi grandiose. Nous les avons laissé parler avec ferveur de ce qu'ils venaient de vivre. Ensuite, ils nous ont expliqué pourquoi les Occidentaux étaient de plus en plus nombreux à tenter des expériences chamaniques. Il s'agissait d'un besoin réel de se reconnecter à des valeurs essentielles à la nature et à quelque chose de solide qui viendrait de nos ancêtres et qui leur apporterait des réponses. Marie était très enthousiaste.

— Ces gens sont vraiment formidables ! Nous sommes conviés, ce soir à une nouvelle cérémonie. Ils ont vraiment le sens de l'hospitalité, non ? Vous ne trouvez pas ?

— De quoi s'agit-il ? demandais-je.

— Une personne vient de Paris pour des problèmes de stress, je crois. Il parait qu'elle a demandé à prendre des plantes ou des champignons pour planer !

— Marie ! Ce n'est pas tout à fait ce que l'on nous a expliqué, répliqua Cédric.

— Oui oui je sais, mais c'est pareil ! Alors, explique-leur toi !

Cédric était un homme athlétique au menton volontaire. D'un tempérament doux et très calme, il rajustait souvent les propos de son épouse.

— Certains viennent consulter les chamanes afin de soigner des maux physiques ou psychologiques qui les empêchent de vivre heureux, d'autres s'emploient à donner un sens à leur vie.

Nous avons passé la journée en compagnie de Winona. Thomas et sa mère avaient beaucoup de choses à se dire.

Nous avons quitté le Pays qui a vu naître Chayton, le lendemain.

VI

Freddie

Lorsque nous sommes rentrés, nous avons retrouvé Ayiana chez ma tante, lumineuse comme toujours. Elle adorait passer du temps à Thorenc. Elle courait pieds nus dans la forêt avec Orion et Lola, grimpait aux arbres et cueillait des plantes médicinales.

Nous devions nous faire à l'idée que le moment où il faudrait nous séparer viendrait. J'avais beau me raisonner, me dire que je ne devais pas me mettre en travers de son destin, mais elle était ma fille…

Lorsqu'elle nous vit, petit bout de femme, elle se mit à courir dans notre direction, les bras ouverts, les cheveux ébouriffés, ornés d'herbe et de fleurs, souriante, suivie par son protecteur et la douce Lola.

— Maman, papa, vous êtes là ! Je suis contente !

— Ma chérie, mon amour. Tu nous as manqué !

— Pourquoi tu pleures maman ?

— Ce sont des larmes de joie, je suis heureuse de te revoir !

Thomas la prit dans ses bras et la fit tourner. Je me mis à caresser Lola afin de dissimuler mes larmes. Je n'avais en tête que le futur départ d'Ayiana. Ma tante me rejoignit et m'embrassa.

Les jours suivants nous essayâmes d'oublier. Nous avions encore environ trois ans à passer auprès de notre fille et nous comptions bien en profiter. Nous ne savions pas si Ayiana était au courant du destin qui l'attendait, mais nous ne désirions pas aborder trop tôt le sujet. Mais nous savions que nous serions rattrapés très vite par les capacités télépathiques de notre chamane.

Juin 2049,

Lorsqu'Ayiana jouait dans le jardin, il ne se passait pas un jour sans qu'elle ne nous ramène un animal blessé. Les deux premiers, nous les avons conduits à la clinique vétérinaire. Puis elle a souhaité se charger elle-même de soigner les suivants. Notre maison était devenue un véritable refuge pour animaux blessés. Son père lui aménagea la cave en clinique vétérinaire. Elle n'avait de cesse de soigner. Notre jardin foisonnait de plantes médicinales. Tante Sylvia lui avait enseigné les prémices de la phytothérapie qu'Ayiana s'était empressée d'enrichir très rapidement.

J'étais sur une enquête à la gendarmerie qui me faisait terminer tard tous les soirs. Marie et moi devions retrouver un adolescent âgé de 14 ans, disparu depuis une dizaine de jours.

Ma famille me manquait. Il m'arrivait de travailler les weekends. Je comptais les jours qu'il me restait avant qu'Ayiana nous quitte. En même temps, comment savoir exactement quel serait « le moment ». Je l'observais, je demandais à Thomas de ses nouvelles. Je lui demandais s'il avait remarqué un quelconque changement dans son comportement. Si elle s'était plainte d'un mal de ventre. Si elle passait plus de temps à la salle de bains que de coutume. Ce genre de choses.

Je m'en voulais de ne pas être plus présente. Cette enquête était inquiétante, car nous n'avions rien de vraiment important pour avancer. Juste une caméra de surveillance qui avait filmé l'adolescent parlant avec un SDF devant une église quelques heures avant sa disparition. Enfin, c'était ce que nous pensions. Comment en être sûr ? Le SDF en question restait introuvable. J'avais envoyé une patrouille dans toute la ville afin de le retrouver, mais rien… lui aussi avait en quelque sorte disparu ! Avec Marie, nous participions aux recherches. Nous interrogions les commerces environnants. La photo du jeune garçon sur nos iPhone et dans nos esprits, nous parcourions Antibes et ses environs, sans relâche de sept heures jusqu'à vingt-trois heures. Il nous arrivait d'oublier de déjeuner. Lorsque je rentrais à la maison, mes amours étaient endormis. Je m'en voulais, mais j'avais une mission… oui ! encore une.

Un soir… non plutôt une nuit, alors que je venais d'ôter mes rangers afin de faire un minimum de bruit, j'entendis un miaulement, suivi d'une voix douce venant du salon. Ayiana était assise sur le canapé. Orion sur ses genoux et Lola à ses côtés.

— Maman ?
— Tu ne dors pas ?
— Viens près de moi ! Assieds-toi !
— Pardon, ma chérie, je t'ai réveillée !
— Pas du tout ! Je t'attendais !
— Tu n'arrivais pas à dormir ? Qu'est-ce qu'il ne va pas ? Tu as mal quelque part ? Tu es malade ? Tu as de la fièvre ? Attends que je regarde !

Obnubilée par la perspective de son prochain départ, je mis ma main sur son front, touchais son ventre.

Je m'inquiétais… j'étais… à la limite de l'hystérie. Elle m'apaisa simplement en posant ses mains douces sur mon visage, remit une mèche de cheveux derrière mon oreille et me parla tout en douceur.

— Ma maman d'amour ne t'inquiète pas ! Ce n'est pas le moment ! Calme-toi ! Chut ! Tu es fatiguée !
— Je suis désolée de ne pas être là plus souvent à tes côtés.

— Je comprends, tu sais ! Et papa est avec moi ! Il est formidable ! Évidemment tu me manques, mais je sais que tu dois retrouver Freddie !

— Oui, tu as raison, mais ma place est aussi auprès de ma famille. Dès demain, je serai plus présente à la maison. Je te le promets.

— Tu ne peux pas promettre ce genre de chose. Tu es vouée à ton travail. Fais ce que tu as à faire ! Et arrête de te tourmenter pour moi ! À présent, détends-toi ! Allonge-toi !

Sa voix était si envoutante que j'obéis. Je m'étendis près de la douce petite chienne qui comprit au regard d'Ayiana qu'elle devait se décaler afin de me faire une petite place à ses côtés. Ayiana mit un coussin sous ma tête et Orion vint en ronronnant se coucher doucement sur ma poitrine. Posant ses pattes autour de mon cou, ce merveilleux chat plein d'amour et de douceur fit entrer ses grands yeux d'or dans mon âme et je m'endormis apaisée.

— Maman ? Tu viens ?

— Oui ma chérie, j'arrive ! Je suis derrière toi !

— Allez cours !

— Tu vas vite, Ayiana ! Attends-moi ! Où sommes-nous ?

— Regarde ! Nous allons vers le port, il faut faire vite ! C'est ici que le monsieur dort !

— Quel monsieur ?

— Celui que tu cherches s'appelle Kiran. Il dort près du Fort Carré. Il sait où est Freddie. Il a vu les hommes l'amener. Va le voir !

— Mais… Ayiana ?

Il y avait de la brume et Ayiana courait devant moi, précédée par Orion. Par moment son image disparaissait. Je discernais le port d'Antibes, mais il était différent. C'était comme si mon esprit n'arrivait pas à le matérialiser complètement. Tantôt les mâts des voiliers n'étaient pas complets. Ils étaient comme découpés ou partiellement gommés à leur extrémité. Il faisait nuit et la lune pleine et dorée éclairait la mer. Cette lumière brillante m'éblouissait et par moment je devais mettre la main sur mes yeux pour me protéger.

— Maman ! Viens ! Je n'ai pas le droit d'aller plus loin ! Cours ! Plus vite !

— Pourquoi ?

— Les esprits !

— Les esprits ? Que veux-tu dire ?

— Va ! Maintenant ! Ils ne veulent pas…

— Quoi ? Ayiana ? Ayiana ?

— Je n'ai pas le droit !

— Ayiana ! Dis-moi !

Je m'éveillais en sursaut. J'ouvris les yeux. J'étais seule dans le salon. Ayiana était dans sa chambre. Elle était endormie.

Le lendemain matin, au petit déjeuner, j'avais en tête tous les détails du rêve. J'hésitais à aborder le sujet avec Ayiana. Je me souvenais de ses dernières paroles au sujet des esprits. Je ne souhaitais pas lui causer des problèmes. Même si j'ignorais de quoi il s'agissait.

Elle partit à l'école, Thomas à la galerie et moi à la gendarmerie comme si rien n'avait eu lieu. Mais j'avais bien l'intention de suivre la piste du SDF au Fort Carré, près du port. Après tout qu'avais-je à perdre ? C'était peut-être un rêve qu'Ayiana avait provoqué pour m'aider ! Et sinon, si ce n'était qu'un banal rêve… j'aurais au moins essayé !

Au poste, Marie m'écouta avec attention. J'ai pu lui relater tous les détails de mon rêve. Je n'avais rien oublié. Elle prit des notes consciencieusement.

— Eh bien ma chérie ! Vous n'êtes pas une famille ordinaire ! Tous les trois, vous valez le détour ! On va le trouver le gamin avec ça, tu vas voir !

— J'espère !

— Allez ne fais pas cette tête !

Marie m'adressa un grand sourire qu'elle associa à un écarquillement de ses yeux bleu marine et je retrouvais le moral.

— Et… dis-moi, ça t'arrive souvent de rêver à la manière chamanique ?

— Mais qu'est-ce que tu dis ? Je ne suis pas un chamane ! La mère de Thomas est chamane, mais pas moi ! J'ai fait un simple rêve, voilà tout !

— Ouais, mais n'empêche que tu fais souvent des « rêves étranges » qui te permettent de résoudre tes enquêtes.

— À quoi fais-tu allusion ?

— Eh bien, à l'époque, le capitaine Martigue m'avait parlé d'une « intuition » qui t'avait permis de résoudre une enquête. La fameuse enquête. Celle qui nous a permis de coffrer les parents adoptifs de Thomas. Tu peux me le dire aujourd'hui ! Rêve ou intuition ?

— Tu es bien curieuse ! Je crois que tu en sais bien assez sur moi et ma famille ! Je ne vais pas te confier tous mes secrets !

— J'arriverai bien à tout découvrir ! Je suis tenace, tu sais !

— En attendant que ce jour arrive, concentrons-nous sur cette enquête !

Alors que nous nous dirigions vers le port, il me revint les images de mon rêve. Aussi, j'entendais la voix d'Ayiana qui disait « Celui que tu cherches s'appelle Kiran. Il dort près du Fort Carré. Il sait où est Freddie. Il a vu les hommes l'amener. Va le voir ! ».

Le Fort carré était situé à dix minutes de la gendarmerie. Nous nous sommes séparées et avons fait le tour, mais la tâche était rude. Ce monument du XVIe siècle en forme d'étoile est immense.

Ensuite, nous avons demandé aux commerçants du port ainsi qu'à des passants s'ils avaient vu ces jours-ci un sans-abri nommé Kiran. Mais personne ne semblait le connaitre ni même l'avoir croisé.

À notre retour, afin de faire le point, je convoquais des membres de mon équipe en salle de réunion. Après les avoir mis au courant de la situation, tout en ne dévoilant pas mes sources, je décidais de poster des hommes à proximité du Fort le soir même. Et si cela ne devait rien donner, alors ils avaient l'ordre de pénétrer à l'intérieur du Fort dès le lendemain matin. J'étais bien décidée à trouver ce sans-abri.

J'étais fatiguée et un peu perdue dans mes pensées. Lorsque Marie me proposa un café, je n'entendis pas le son de sa voix.

— Sophie ? Sophie ?
— Oui ! Pardon, Marie… j'étais en train de penser…
— Oui, j'ai vu que tu n'étais plus vraiment là ! Mais où étais-tu ?

Marie vint se poster derrière moi et me massa les épaules.

— Oh ! Je ne sais plus très bien ! J'étais en train de me demander si c'était une bonne idée de mobiliser toute l'équipe à cause d'un rêve. Tu penses que c'est une erreur ?

L'adjudant Marie Lobaers stoppa net son massage, vint se poster devant moi, ses mains posées sur ses hanches, elle prit un ton autoritaire.

— Ah non ! Ma chère ! Pas maintenant ! Après tout ce que tu as vécu, tu ne peux pas faire marche arrière ! Tu sais très bien que ta fille peut nous aider. Alors, pourquoi douter maintenant ?

— Il ne s'agit pas de ma fille, mais de moi ! C'est moi qui ai fait ce rêve !

— Oui, mais tu sais très bien que c'est ta fille qui t'a dirigée. Qu'est-ce qu'il t'arrive ?

— Je ne sais pas trop. Peut-être que je voudrais que tout cela n'arrive pas.

— De quoi tu parles ?

— Je ne souhaite pas qu'Ayiana soit chamane, qu'elle parle avec les esprits et tout le reste !

— Pourquoi ? C'est une chance incroyable ! Moi, mes fils sont tous juste bons à se chamailler et faire des conneries !

Marie arrivait toujours à me faire sourire même rire dans les pires moments.

— Marie ! Qu'est-ce que tu dis ?

— Je dis que tu as de la chance ! Tu dois en être consciente ! Voilà tout !

— Mais elle devra bientôt nous quitter pour suivre un enseignement avec sa grand-mère !

— Les miens aussi partiront lorsqu'ils suivront des études ! Tous les enfants quittent le nid. C'est normal.

— Je sais bien, mais Ayiana aura une initiation très spéciale et difficile. Je me fais du souci pour elle.

— Comme beaucoup de parents !

— Je crois que tu as encore raison !

Marie s'assit alors sur mon bureau, croisa ses jambes fines et me sourit. Puis elle regarda sa montre et déclara :

— Allez, nous devons avancer. Réfléchissons !... Que penses-tu d'envoyer un de nos collègues, ce soir avec un chien ?

— Un agent cynophile ? Ce n'est pas une mauvaise idée !

— Et… pourquoi attendre ce soir ?

— Marie… Je ne suis pas sûre que ce soit aussi facile !

— Si on ne demande pas, on ne saura jamais, mon Capitaine !

— D'accord, je vais demander si on peut avoir un agent cynophile pour ce soir !

Poussée par le dynamisme de l'adjudant Lobaers, j'appelais mes collègues de la brigade cynophile. La réponse ne se fit pas attendre. Un maître-chien accompagné de son berger malinois nommé Flash était disponible. Nous avions de la chance. Il ne nous restait plus qu'à rentrer chez nous et attendre que l'on nous appelle.

— Sophie, rentre chez toi. Je vais briefer le gars et participer aux recherches. Je te tiendrai au courant.

— Non… pourquoi ? Je vais vous aider !

— Parce que tu en as assez fait. Tu es fatiguée. Va rejoindre ta famille. Ces jours-ci tu es rentrée tard souvent. Laisse-moi faire ! Je peux gérer la situation. Fais-moi confiance !

Je dois avouer que j'étais très fatiguée. De plus, ma famille me manquait vraiment.

— C'est évident que je te fais confiance ! Tu es la meilleure ! Je te remercie. Bien… je vais rentrer. Mais tu as promis de m'appeler !

— Oui mon Capitaine, compte sur moi.

VII

Le monde du silence

Ce soir-là, sur les conseils de Marie, je suis rentrée tôt

— Maman ! Tu es là !
— Bonsoir, ma chérie !
— Bonsoir, mes amours !

Ces instants font partie des plus beaux et des plus chaleureux. Ma tante m'a toujours enseigné à les fixer dans ma mémoire. Ce que je fis ce soir-là ! J'observais attentivement ma fille, Thomas, Orion et Lola. Je m'imprégnais de leurs senteurs afin que la substance du moment ne soit pas perdue ! La douceur des mots d'Ayiana parvint jusqu'à moi comme une lente et douce mélodie. Je me laissais bercer par les paroles de mon bien-aimé me racontant sa journée sur notre canapé après avoir ôté mes chaussures et m'être enveloppée dans une tenue confortable. Je me disais que la vie ce devait être cela… éternellement !

— Maman ! Tu veux que je prépare le diner ?

— Si tu veux, ma chérie !

— Qu'est-ce que tu as envie de manger ?

— Je ne sais pas ! C'est toi qui choisis !

— Tu veux bien que je t'aide ? proposa Thomas.

— C'est gentil papa, mais non, j'ai onze ans, je peux me débrouiller toute seule !

À ces mots, je venais de réaliser qu'Ayiana grandissait trop vite et que le moment de son départ approchait. J'eus un pincement au ventre. Là… à l'intérieur… à l'endroit même où je l'avais senti en moi la première fois. Petite flamme de vie. Étincelle d'amour.

— Mamounette ? Qu'est-ce qu'il ne va pas ?

On ne pouvait rien lui cacher ! L'expression de mon visage m'avait trahie. Et pourtant… il me fallait profiter de cet instant.

— Tout va bien ma chérie ! Je t'aime ! Alors que vas-tu nous préparer de bon ?

Thomas et moi, nous nous sommes installés sur les tabourets de la cuisine. Nous voulions être au plus près de notre petit chef. Orion sauta sur mes genoux. Il n'était jamais loin !

— Je vais vous préparer une omelette aux champignons parfumée d'herbes fines du jardin. Est-ce que cela vous convient, m'sieur-dame ?

— C'est parfait, chef ! répondit son père en l'embrassant.

Je ne me lassais de l'admirer. J'étais si fière de ma fille. Sa beauté n'avait d'égal que sa générosité et son intelligence. Thomas aperçut mes yeux qui s'emplirent d'eau et me prit contre lui. Quelle belle soirée !

Épuisée, mais heureuse, je me suis endormie rapidement. Ayiana et Thomas n'ont pas souhaité que je les aide à ranger la cuisine.

— *Sophie, je te présente « Flash » !*
— *Salut, toi ! Bonjour Flash !*
— *Il est mignon, n'est-ce pas ?*
— *Oui bien sûr, mais a-t-il trouvé notre homme ?*
— *Oui oui ! Regarde, il est là !*
— *Marie, je ne comprends pas ! Où est-il ? Je ne vois que le chien Flash ! Et pourquoi il agite ses pattes de cette façon ? On dirait qu'il veut me dire quelque chose... mais je ne comprends pas !*
— *C'est ça ! Le chien parle comme le SDF !*
— *Marie, que veux-tu dire ?*
— *Regarde ! Le maître-chien fait des signes et le chien comprend.*
— *Oui, je vois et le monsieur dans tout cela ?*

— Maman ? Réveille-toi ! Tu vas être en retard !
— Ayiana ?

— Tu faisais un rêve ! Tu parlais dans ton sommeil. Tu parlais à Marie, je crois !

— Oui, je me souviens. Elle me disait que le chien parlait avec ses pattes ou je ne sais plus ! Je vais me doucher. Pardon, ma chérie, je ne t'ai pas dit bonjour.

— C'n'est pas grave, ma petite maman. C'est comme si tu venais de le faire.

— Papa est levé ?

— Oui, il te prépare tes tartines préférées. C'était quoi ton rêve ? Un chien qui parle avec ses pattes ? En langage des signes, en somme !

— Ce doit être cela… oui !

— Allez, je dois partir à l'école. Bisous, ma petite maman, et bonne journée.

— Bisous, ma chérie, bonne journée à toi aussi.

Après avoir pris mon café et dégusté les tartines préparées avec amour, j'étais prête pour reprendre mon travail. J'espérais bien retrouver le sans-abri nommé Kiran.

En arrivant au poste,

— Ah Capitaine Halbasque, nous l'avons trouvé !

— Bonjour brigadier – Chef. Vous avez trouvé le sans-abri ?

— Oui, hier soir le maître-chien Déreti et son chien Flash l'ont débusqué dans le Fort Carré. Il est en salle d'interrogatoire. Mais je vous l'dis ça va pas être facile !

— Pourquoi ?

— Il ne veut pas parler.
— Merci, je vais le voir.
— Bon courage.

Ma première réaction fut de demander à ma partenaire pourquoi elle ne m'avait pas appelée pour m'informer. Mais c'est à cet instant que le souvenir de ma soirée me rappela à l'ordre. Si elle l'avait fait, je serais partie et j'aurais raté ce merveilleux moment… alors je me suis tue.

Je rejoignis monsieur Kiran. Marie se tenait auprès de lui.

— Bonjour, Marie, bonjour, monsieur, désirez-vous un café ?

— Ah, tu es là Sophie ! Tu vois, c'est Flash qui l'a trouvé. Tu sais ? Le chien !

— Oui, je suis au courant. Le Brigadier-Chef me l'a dit.

— Mais il ne veut pas nous parler ! Pas un seul mot ! Nous l'avons interrogé hier soir puis nous l'avons laissé dormir un peu. Tu vois, il n'avait pas l'air très clair ! Et ce matin, il ne parle pas non plus.

— Marie, je crois qu'il est sourd et muet !

— Comment le sais-tu ?

— J'ai fait un rêve cette nuit. En fait, je voyais le chien qui communiquait avec ses pattes. Je sais, cela peut paraitre ridicule… mais je pense qu'il y a un rapport. Comment notre homme s'est-il comporté avec Flash ?

— Il le caressait. Il n'avait pas peur. Et le chien lui donnait la patte. Mais je ne comprends pas où tu veux en venir !

— La communication ! Le voilà le rapport !

— Tu penses qu'il est muet et que le chien le sait ?

— Ce n'est pas tout à fait ce que je voulais dire, mais on peut le comprendre ainsi ! Nous avons un super programme qui interprète la langue des signes. Lorsque monsieur Kiran aura pris son petit déjeuner, nous l'amènerons en salle info et nous l'interrogerons.

Encore une fois j'avais été guidée par un songe. Je ne l'avais pas compris de la même manière que ma partenaire, mais le résultat était le même. Je pensais que monsieur Kiran était muet. Était-il sourd aussi ? Pas forcément. Tout ce que je voulais tenter c'était une communication en langage des signes.

Monsieur Kiran, mis en confiance, nous a révélé qu'il avait été témoin de l'enlèvement de l'adolescent.

— Monsieur, comment avez-vous rencontré le jeune Freddie ou bien le connaissez-vous sous le prénom de Farrokh ?

Je posais les questions et l'I.A. traduisait en signes. Puis d'une voix qu'elle avait décidée être proche de celle de monsieur Kiran, en analysant son profil, elle nous répondait.

— Freddie est un gentil garçon : il vient me voir souvent. Il me porte des provisions. Je sais que sa famille n'est pas riche et pourtant cela ne l'empêche pas de m'aider. On s'est rencontré par hasard, il y a déjà plusieurs mois, je crois. Mais vous savez pour moi, le temps n'a pas d'importance.

— Monsieur ! Pouvez-vous nous dire exactement ce que vous avez vu ? Ce devait être mardi dernier ! Mardi 8 juin exactement !

— Mardi ? Je ne sais pas ! Quel jour sommes-nous ? C'est possible ! Ou mercredi peut-être !

— Qu'avez-vous vu exactement le jour de sa disparition ? Et où étiez-vous ?

— J'étais sur le port, il y avait beaucoup de vent.

— Qu'avez-vous vu ? insista Marie.

— Des hommes, une camionnette.

— Quelle couleur ? La plaque ? Vous l'avez vue ?

— Doucement Marie ! Ne le brusque pas !

— Monsieur Kiran… vous voulez faire une pause ?

— Merci madame, ça ira ! je vais vous aider !

Kiran était un homme d'une soixantaine d'années. Originaire de la ville de Nagpur en Inde. Sourd et muet de naissance, il n'avait pas toujours connu la rue. Il avait été commerçant en Inde avant de venir en France.

Plus calme, je continuais l'interrogatoire.

— Pouvez-vous nous dire à quel endroit exactement vous étiez sur le port ?

— J'allais voir mon ami Rachid. Il a un camion de pizza. Il m'offre à déjeuner quelques fois. Et Freddie… je l'ai vu… il était en face du parking, il venait me voir au Fort. On allait partager une pizza. Oh, mon Dieu. Je lui ai fait signe de la main, il s'est tourné et la camionnette s'est arrêtée tout près !

— Les parents de Freddie nous ont déclaré que le mardi après-midi il n'avait pas cours. Vous le saviez ?

Monsieur Kiran se mit à sangloter. Il se recroquevilla et prit sa tête entre ses mains. À ce moment le maître-chien Déreti entra accompagné de Flash. Ce dernier s'approcha gentiment du sans-abri. Il était muselé comme le veut le règlement, mais cela ne l'empêcha pas de manifester de l'affection. Il posa gentiment son museau sur la jambe de Kiran qui retrouva aussitôt le sourire.

— Vous savez, ce chien est dressé pour résoudre des enquêtes. Ils ne vont pas vers les inconnus d'habitude. Mais je crois qu'il est fier de vous avoir localisé.

Le maître-chien Déreti paraissait néanmoins intrigué par le comportement de son partenaire. À vrai dire, moi aussi.

— Il semblerait que votre chien ait quelque chose à dire à monsieur Kiran.

— Vous croyez ?

— Après tout son travail n'est pas fini !

— Que voulez-vous dire ?

— Il faut retrouver l'adolescent ! Ces deux êtres doivent s'associer pour ce travail. Votre chien le sait bien.

— Comment savez-vous cela ?

— L'intuition féminine ! Ne vous éloignez pas. Nous allons assurément avoir besoin de vous.

— Très bien Capitaine. Nous restons à votre disposition. On va faire un tour. Appelez-nous !

— Que pouvez-vous nous dire de plus, monsieur Kiran ?

— Rien, malheureusement, rien madame ! J'en suis navré !

— Vous pouvez nous décrire la camionnette ?

— Elle était blanche !

— C'est tout ? Pas de numéro de plaque ou quelque chose… je ne sais pas… un détail sur la carrosserie ?

— Non madame et croyez bien que j'en suis désolé. Est-ce que je peux partir maintenant ?

— Oui vous pouvez ! Est-ce que vous voulez que l'on vous raccompagne ?

— Non, je vous remercie. Vous êtes gentille, mais non !

— Ne vous éloignez pas trop. Nous pouvons encore avoir besoin de vous.

— Oui d'accord. Au revoir, madame.

Monsieur Kiran se leva, me fit un geste de la main ainsi qu'à mes collègues et s'éloigna. Il me laissa une impression étrange. C'était probablement dû au fait que notre échange se fit par l'intermédiaire d'une machine.

Pendant que je terminais d'interroger le témoin, Marie devait récupérer les images de la caméra de surveillance disposée sur l'avenue qui mène au Fort Carré. Nous espérions avoir les enregistrements de ces dix derniers jours.

Et en effet…

— Capitaine, nous avons les vidéos des caméras du port.

— Sur plusieurs jours ?

— Oui ! Et vous n'allez pas le croire !

— Quoi donc ?

— On voit nettement l'enlèvement de l'ado ! Venez voir !

— J'arrive !

Effectivement, l'agent Larthyui, chargé par Marie de retrouver les images des caméras de la ville nous diffusa celles prises le jour de l'enlèvement de Freddie. Cela s'était effectivement déroulé comme nous l'avait décrit monsieur Kiran. On voyait bien le pizza truck ainsi que la camionnette blanche, un homme en noir, cagoulé en descendre, attraper Freddie par derrière et le forcer à monter. Ensuite le véhicule se dirigea vers le port puis nous avons perdu sa trace.

— Adjudant Larthyui, s'il vous plait ! Je veux que des véhicules patrouillent jour et nuit sur le port !

— Bien Capitaine, je m'en occupe !

— Adjudant Déreti, pouvez-vous effectuer des rondes avec votre chien ?

— Oui, mon Capitaine !

— Le temps presse. Il faut commencer tout de suite. Cet adolescent est en danger.

— On s'y met immédiatement !

— Merci ! Marie, tu viens avec moi !

— OK ! On y va ! Où va-t-on exactement ?

— Je t'invite à déjeuner !

— Ah bien ! Je suis d'accord ! Et où exactement ?

— Nous allons nous régaler d'une pizza !

— Ah oui, je vois ! Pourquoi je ne suis pas étonnée ? Fallait bien que notre déjeuner ait un rapport avec le travail ! Berk ! Une pizza dans un camion ! Très chic !

— Allez ! fais pas cette tête, c'est moi qui régale !

— Alors si c'est toi qui offres… ça me va !

Je tenais à interroger le gars qui tenait le pizza truck. Pas que je mettais en doute les déclarations de notre témoin, mais je trouvais qu'il manquait quelque chose dans son histoire.

— Bonjour, mesdames ! Alors ? On a une petite faim ! Qu'est-ce qui vous ferait plaisir ?

— Bonjour, monsieur ! Vous êtes Rachid ?

— Exact ! Lui-même ! Le meilleur pizzaïolo d'Antibes ! Vous venez pour grailler ou pour m'arrêter ? J'ai empoisonné quelqu'un ou quoi ?

— Je suis le capitaine Halbasque et voici l'adjudant Lobaers. Et ne vous inquiétez pas ! Nous avons vraiment faim ! Ce qui ne nous empêchera pas de vous poser quelques questions.

— Ouais, je m'en doutais ! C'est au sujet du gamin qui a été kidnappé, là, de l'autre côté de la rue, l'autre jour ! Des jolies poulettes comme vous qui viennent grailler mes pizzas… ouais bon dites-moi d'abord qu'est-ce qui vous ferait plaisir ! Ensuite, je vous dirai tout ce que je sais.

— Marie, vas-y, choisis ! Qu'est-ce que tu veux ?

— Une Margherita pour moi, merci ! avec ajout de poivrons et sauce piquante.

— Et pour vous Capitaine ?

— Moi, je veux bien une végétarienne, merci, monsieur.

— C'est parti mes p'tites dames !

— Alors, dites-nous, monsieur Rachid…

— Non, non… appelez-moi Rachid ! Tout le monde m'appelle Rachid !

— Oui, désolée, Rachid… le jour de l'enlèvement de Freddie, c'était bien un mardi ? demanda Marie.

— Mardi dernier… mardi dernier… oui je crois bien madame.

— Pouvez-vous nous raconter ce que vous étiez en train de faire lorsque cela s'est passé ? Et quelle heure était-il ?

Le pizzaïolo manipulait sa pâte à pizza tout en écoutant mes questions. C'était un homme d'une soixantaine d'années, barbu, à forte corpulence.

— Il devait être aux environs de treize heures trente lorsque le vieux Kiran est arrivé. J'avais eu un peu de monde juste avant, mais il me restait de la pâte et quelques ingrédients alors je lui ai préparé une spéciale Kiran.

— Il vient souvent manger une « spéciale Kiran » ? demanda Marie. Et… c'est quoi une « spéciale Kiran » ?

— Presque tous les mardis, je lui prépare une pizza spéciale. C'est une pizza bien garnie… vous voyez… je mets un peu de tout. De tous les ingrédients qui me restent. Je pense qu'il n'est pas difficile, qu'il aime tout. Je crois qu'il profite un peu pour avoir une super pizza. Il ne doit pas manger beaucoup les autres jours. Moi, je suis là le mardi et le samedi. Les autres jours, je tourne un peu çà et là, vous voyez ? Le vieux le sait, il vient le mardi par habitude. Le samedi, il y a du monde. C'est pas très bon pour le commerce… vous voyez ce que je veux dire !

— Et il vient toujours tout seul ?

— Depuis quelque temps, il vient avec le petit, celui qui a été kidnappé, là en face, vous voyez, ça s'est passé juste là ! C'est affreux, quand j'y pense !

— Vous avez vu ce qu'il s'est passé ?

— Tenez ! Vos pizzas ! Régalez-vous pendant que c'est chaud !

— Merci, monsieur !

— Ouais, j'ai tout vu !

— Racontez-nous ! articula non sans mal Marie, la bouche pleine.

— Le petit était de l'autre côté de la rue. Il allait pour traverser afin de rejoindre Kiran.

— Kiran était arrivé depuis longtemps ?

— Non depuis cinq ou six minutes à peu près.

— Il arrivait toujours avant Freddie ?

Rachid essuya ses mains potelées sur son tablier fortement taché puis il gratta énergiquement sa barbe avant de répondre.

— Oh ! Je ne sais plus… attendez que je réfléchisse… je fais pas toujours attention ! Mais en quoi c'est important ?

— Vous vous souvenez ? Ou pas ? insista Marie.

— Non pas vraiment.

— Poursuivez ! Hum ! Elle est super bonne cette pizza ! complimentais-je.

— Merci, madame !

— Et que s'est-il passé ensuite ?

— Kiran lui a fait un signe de la main… une camionnette est arrivée et un homme en est sorti. Il l'a attrapé par derrière, l'a forcé à entrer et la camionnette est partie très vite.

— Et qu'a fait Kiran ?

— Il s'est agité un peu comme s'il voulait crier, mais vous savez, il est muet. Rien ne sortait de sa bouche. Enfin, ouais y avait des sons un peu bizarroïdes comme des gémissements. C'était un peu flippant même ! Vous voyez ?

— Et vous ?

— Je suis sorti du camion et j'ai couru, mais le temps de traverser y avait plus personne !

— Avez-vous pensé à relever le numéro de la plaque ?

— On ne voyait rien. Elle était comme masquée. Un peu comme si on avait griffonné dessus. Non comme si on avait mis un coup de bombe à peinture, vous voyez ? Elle était carrément illisible.

— Pourquoi n'êtes-vous pas venu voir la police ? Et pourquoi nous dire tout cela aujourd'hui ?

Le pizzaïolo donna un mouvement de va-et-vient à sa charlotte, leva les yeux au ciel, gratta bruyamment sa barbe poivre et sel et nous confia d'un air embarrassé :

— Ah ! C'est que vous voyez… je n'ai pas le droit de vendre sur les parkings !

— Pourquoi tout nous raconter maintenant ?

— Vous allez me retirer mon camion ? Ma seule ressource !

— On n'est pas là pour ça ! répondit Marie en battant exagérément des cils.

— Vous avez l'air sympas toutes les deux et vous avez gouté mes pizzas… alors je me suis dit que vous n'alliez pas me causer d'ennuis ! Et puis si je peux aider ce petit… non ? Je vais avoir des ennuis ?

— On verra ! poursuivit ma collègue.

— Vous savez, mon camion c'est tout ce que je possède ! Je ne gagne pas beaucoup, mais j'arrive à vivre grâce à lui.

Quant à moi, je comptais bien poursuivre l'interrogatoire.

— J'ai encore des questions !
— Je vous ai dit tout ce que je savais ! je sais rien de plus ! ça s'est passé comme je vous ai dit !
— Comment était Kiran après l'enlèvement de Freddie ?
— Attendez que je me rappelle ! Je me souviens lui avoir demandé pourquoi il n'avait pas essayé de l'aider !
— Vous connaissez le langage des signes ?
— Je me débrouille un petit peu. J'ai un cousin qui est muet.
— Très bien ! Et que vous a-t-il répondu ?
— Il a dit qu'il n'avait pas bien compris ce qu'il se passait ou quelque chose dans le genre et il sanglotait. Il n'arrêtait pas de répéter « que Dieu me pardonne ». Mais vous savez on ne pouvait rien faire ! Tout s'est passé si vite et nous sommes, Kiran et moi des hommes plus très jeunes.
— Je comprends !
— Je vous ai bien aidées, n'est-ce pas ?
— Oui, merci, Rachid ! Combien on vous doit pour les pizzas ?
— Non, non rien du tout, je vous les offre.
— Merci, c'est très gentil, mais nous ne pouvons accepter.

— Si si, j'insiste ! Et repassez me voir !

— Bien ! Encore merci et mettez-vous en règle !

— Promis, je le ferai !

— Bonne journée !

— Tu penses qu'il va le faire ?

— Sûrement pas !

— Qu'est-ce que tu en penses ?

— Mon cher Capitaine, j'en pense comme toi ! Il nous a décrit exactement ce que nous avons vu sur les caméras de la ville. Ni plus ni moins !

— Oui, c'est vrai, nous ne sommes pas plus avancées !

— Exact ! Mais on a bien mangé !

VIII

Silence ?

Cela faisait plus de dix jours que Freddie avait disparu ! Ses parents, monsieur et madame Chakravarty avaient demandé à me rencontrer à nouveau ! Ce n'était pas la première fois que je devais rencontrer des parents d'enfant disparu. Mais à chaque fois l'émotion était très vive. J'étais transpercée par le même trouble. Mes sens s'en trouvaient perturbés.

Cette famille était arrivée en France dans les années 1980. Le grand-père chauffeur de taxi, la grand-mère couturière. Leurs enfants avaient pris le relais. Désormais le fils conduisait le taxi et son épouse était couturière. Une famille d'immigrés tout à fait ordinaire. Un enfant unique né d'un mariage d'amour. Des gens simples, travailleurs. Cet enfant, ils l'avaient conçu tard, selon leurs propres termes. Ils lui avaient donné le prénom de leur idole « Farrokh » en hommage à Freddie Mercury du groupe de rock britannique Queen des années 1970. Et tout le monde l'appelait « Freddie ». Il était fan. Il écoutait en boucle les albums.

Je ne pouvais pas leur mentir et je ne devais pas leur donner de faux espoirs. Je n'avais pas le droit. Que pouvais-je leur dire ?

— Madame, je vous en prie, dites-nous si notre enfant est en vie ?

Cette question, je l'avais entendue maintes fois. Mais comment y répondre ? Elle me faisait toujours aussi mal ! Mal au ventre, mal en moi ! Encore plus mal depuis que j'avais enfanté. Je ressentais à chaque fois la présence d'Aiyana en mon sein. Petite flamme qui m'avait donné tant de joie lorsqu'elle s'était manifestée et en même temps une douleur vive transmise par cette mère qui pleurait son enfant disparu.

— Madame, nous faisons tout notre possible pour le retrouver.

Son époux très affecté lui aussi prit sa femme dans ses bras.

Cette famille vivait simplement, dans le centre-ville dans un petit appartement chaleureux et bien aménagé.

Un thé avait été préparé à mon intention.

Lorsqu'elle me servît, madame Chakravarty m'indiqua qu'il s'agissait d'une boisson traditionnelle indienne préparée à base de thé noir au lait, infusée et agrémentée d'épices.

— Merci, madame, ça sent très bon !
— Nous le nommons Masala Chai. Vous aimez ? C'est une boisson très stimulante !
— C'est très bon, je vous remercie !
— Je vous en prie !

En entrant dans le salon, j'avais remarqué un imposant buffet en bois massif bleu qui exposait fièrement les photos de famille disposées chronologiquement. Elles m'attiraient.

— Elles sont très réussies ces photos ! Je peux regarder ? demandais-je au couple.
— Certainement madame, je vous en prie !

Je me levais, avançais jusqu'au buffet et c'est uniquement à ce moment-là que je remarquais combien les couleurs chatoyantes de l'Inde se révélaient au travers de coussins posés çà et là. Les voilages en patchwork cousus à la main traversés par la lumière de la Côte d'Azur de ce mois de juin 2049 donnaient à cette pièce des reflets de soleil couchant sur l'océan indien.

De plus, les senteurs épicées qui encensaient l'air créaient une ambiance familiale à la fois chaude et rassurante. Je tentais d'imaginer qu'elle pouvait être la vie d'un adolescent dans la chaleur de ce cocon. Mais hélas mon métier m'avait fréquemment bien fait comprendre que les apparences étaient généralement trompeuses.

— Me permettez-vous de voir la chambre de Freddie ?

La mère de l'adolescent essuya ses larmes et me montra le chemin.

— Venez, madame, c'est par ici.
— Merci.

C'est toujours très important pour moi de voir comment vivent les enfants. Leur chambre est souvent tout leur univers.

— Freddie est passionné de photos ?
— Oui, nous lui avons offert un appareil pour son anniversaire. Un appareil à l'ancienne comme il dit. Mais il ne fait pas tout développer. Cela coûte trop cher. Certaines sont sur son pc. Expliqua monsieur Chakravarty qui venait de nous rejoindre.
— Vous permettez que j'emporte son pc au poste ? Il pourrait nous être utile.
— Je ne sais pas, j'imagine que oui, répondit madame Chakravarty en regardant son époux.
— Saviez-vous que Freddie voyait régulièrement un sans-abri nommé Kiran ?

Monsieur et madame Chakravarty eurent l'air étonnés. Ils se regardèrent et le père de Freddie répondit.

— Non madame. Qui est cette personne et pourquoi allait-il le voir ?

Madame Chakravarty était effrayée.

— Est-ce qu'il lui a fait du mal ? Qui est cet homme ? Oh, mon Dieu ? Pourquoi ne nous a-t-il rien dit ? Il nous disait tout ! Il peut avoir confiance. Nous sommes ses parents. Nous l'aimons !

— Madame, j'ai rencontré cet homme et je ne crois pas qu'il ait un rapport avec sa disparition. Nous l'avons interrogé et il nous a appris que Freddie le voyait quelquefois le mardi après-midi au Fort Carré.

— Mais pourquoi ?

— Cette personne est un sans-abri et Freddie lui portait de la nourriture.

Les parents de Freddie échangèrent un regard inquiet. Le père de famille questionna son épouse.

— Tu es sûre que tu n'étais au courant de rien ?

— Non, je te jure que je n'en savais rien !

— Comment de la nourriture pouvait-elle disparaitre de ta cuisine sans que tu t'en rendes compte ? Tu ne me mentirais pas ? Pas à moi ? Ton époux fidèle ! Jaya, regarde-moi ! Dis-moi la vérité ! Je sais que Freddie et toi êtes très proches. Il est arrivé quelquefois qu'il se confie à toi et que je ne sois pas au courant. Mon amour, ma beauté… dis-moi, sais-tu quelque chose qui pourrait nous aider à le retrouver ?

Dans un sanglot, elle répondit :

— Non, je te jure, mon époux ! je n'en savais rien !

— Pardon madame que vous assistiez à cela, mais nous ne comprenons pas cette situation. Comment notre fils a-t-il pu nous cacher cette relation avec ce personnage ? Et pourquoi ? Il n'a que quatorze ans, vous comprenez ! Les enfants sont inconscients !

— Mais vous saviez qu'il n'avait pas cours le mardi après-midi ? Il vous disait ce qu'il faisait ?

— Nous le savions oui, mais il disait qu'il sortait avec des amis de son âge et il rentrait tôt. Nous avions confiance. Il disait qu'il allait à la bibliothèque aussi.

— D'après ce que j'ai compris, il lui portait de la nourriture de temps en temps. De plus, ils se voyaient pour déjeuner d'une pizza offerte par le propriétaire d'un pizza truck sur le port. Vous le saviez ?

— Non madame ! répondit madame Chakravarty, visiblement affligée.

— Madame, monsieur, je vais devoir vous laisser. Mais avant j'ai quelque chose à vous demander.

— Oui, madame, que pouvons-nous faire pour vous ? demanda le père de famille !

— Voilà, pour le moment, nous n'avons rien dit aux médias au sujet de la disparition de votre fils.

— Oui et nous vous en remercions.

— Mais, aujourd'hui, nous pensons qu'il serait judicieux de faire passer une annonce.

— Comment et pourquoi ? s'étonna Jaya Chakravarty.

— Nous pensons diffuser sa photo dans les différents médias. Ainsi, si quelqu'un le reconnaissait, nous pourrions avoir des informations. Vous comprenez ?

— Oui, mais tout le monde sera au courant ! Ses amis, notre famille… Quel malheur !

— Madame, je comprends. C'est un appel à témoins. Et cela donne souvent de bons résultats. Je vous assure ! Nous devons le faire !

Le couple se concerta d'un regard. Et d'un signe de tête me donnèrent leur accord.

— Bien, vous avez pris la bonne décision !

Je me levais afin de quitter mes hôtes. Monsieur Chakravarty se leva à son tour, posa sa main sur mon bras.

— Merci, madame. Et encore une chose, s'il vous plait, dites-moi, madame est-ce que ce « sans abri » peut vous aider à retrouver notre enfant ? Est-ce qu'il sait quelque chose ? Fait-il avancer l'enquête ?

— Je n'ai pas le droit de vous donner des détails, mais je peux vous dire qu'il est un élément important. Il a assisté au kidnapping de votre fils. Je dois partir à présent. Je reviendrai vous voir.

— Merci, madame.

Dans une enquête comme celle-là, le temps était notre pire ennemi. Force était de constater que malgré tous nos efforts, nous n'avions aucune piste. J'avais envoyé des véhicules afin qu'ils patrouillent sur le port. Des drones volaient au-dessus de toute la ville. Nous interrogions tout le monde, mais cela ne donnait rien. Je misais à présent sur l'appel à témoins. Nous allions diffuser la photo de Freddie dans les médias. Un numéro d'appel étant consacré aux personnes ayant des renseignements à donner à la police.

En fin de journée, encore très tard, je rejoignis ma famille. Thomas avait tout géré ! Il m'attendait dans le jardin. Je ne m'étais pas rendu compte que le printemps était arrivé. Les bulbes que nous avions plantés en octobre venaient de fleurir. Les narcisses roses à doubles fleurs étaient splendides. La subtilité de l'éclairage installé par Thomas donnait en cette fin de journée une lumière douce et apaisante à ce tapis de nature tissé de couleurs merveilleuses. Je n'avais pas encore eu l'occasion de profiter de notre jardin depuis que nous avions acheté la maison. Ce que Thomas et Ayiana en avaient fait en peu de temps était inouï !

Thomas me recouvrit d'un plaid. Nous étions si bien tous les deux. Les étoiles brillaient, la lune semblait nous sourire. Une légère brise se leva. Les tritomas se mirent à frémir. Puis ce fut un nuage de brume qui fit soudain son apparition, au centre du jardin à côté de la fontaine.

— Thomas, tu vois ?... On dirait de la brume ! C'est étonnant, non ?

— Oui, je vois !

— C'est la fontaine, tu penses qui provoque cela ?

— Je ne sais pas ! Probablement !

— Regarde, il y a quelque chose qui bouge derrière les herbes hautes ! On dirait... un animal !

— Tu as raison ! Je vais voir !

— Non ! C'est peut-être dangereux. Je ne sais pas. C'est sûrement un sanglier ou...

— Non, je crois que c'est un chien ! C'est un berger allemand !

— Oui, je le connais. C'est... on dirait Flash ! Mais que fait-il ici ? Viens mon chien ! Approche ! Tu me reconnais ?

Flash approcha doucement. Il n'avait pas sa muselière. Ce qui m'étonna. Je m'apprêtais à joindre l'adjudant Déreti lorsque nous fûmes interrompus par un grognement venant de derrière les buissons.

Un énorme loup blanc visiblement agressif apparut. Flash s'aplatit au sol.

— Thomas ! Attention !

— Sophie ! Ce n'est pas possible ! Un chien puis maintenant un loup ! Mais que font-ils dans notre jardin ?

— Ce n'est pas un loup ordinaire ! Regarde bien, il s'agit de la louve de ta mère ! Tala.

— Oui, c'est bien elle ! Mais que fait-elle ici ? Et pourquoi a-t-elle ce comportement envers ce chien ? Elle semble lui en vouloir !

— Je ne sais pas ! Elle approche et elle a l'air très en colère.

— Mais comment connais-tu ce chien ?

— Attention, Thomas ! Tu devrais t'écarter et rentrer dans la maison. C'est dangereux.

— Mais toi ? Que vas-tu faire ?

— Rentre ! Je ne sais pas encore !

La louve approchait doucement tous crocs dehors. Elle ne semblait pas vouloir sauter sur le chien. Sans doute essayait-elle de lui faire peur. Je percevais comme une communication entre eux. Flash était en position de soumission. Sa tête était baissée, ses oreilles légèrement couchées, ses pattes étirées, sa queue basse. Il se tenait à terre, en retrait. Tala le dominait.

C'était impressionnant ! Flash couché pratiquement à mes pieds, je ne bougeais pas. Tala avançait lentement sans quitter son congénère de ses grands yeux bleu saphir. Elle grognait très fort. Le pauvre animal, mort de peur pleurait. Ils échangeaient, ils communiquaient, pensais-je. Mais en réalité, que se disaient-ils ?

— Sophie !

— Thomas ! Attention !

— Sophie, ce n'est rien ! tu as fait un rêve. Tu t'es endormie !

— Oh désolée ! Je suis encore dans le jardin ? Et… Flash, le chien de la police, tu sais ? Et la louve ? Ils sont partis ?

— Je ne vois pas de chien ni de louve ! Oui, ils ont dû partir !

— Oh ne te moque pas ! J'ai fait un rêve très étrange !

— Comme souvent ! Allez viens te coucher, tu vas attraper froid si tu restes ici. Tu es en sueur !

J'avais besoin de comprendre la signification de ce rêve. Le lendemain, au plus tôt, j'appelai ma tante.

— Tante Sylvia, j'ai besoin que tu m'aides à comprendre la signification d'un rêve.

— Oui ma chérie, je veux bien essayer. Raconte-moi !

Après avoir écouté le récit de ce songe étrange, elle m'interrogea.

— Dis-moi, ce chien Flash, c'est bien un chien de la police ?

— Oui, en effet. Pourquoi ?

— Il vous a aidé dans votre enquête ?

— Effectivement ! oui !

— Mais je crois que quelque chose ne va pas !

— Que veux-tu dire par quelque chose ne va pas ?

— Vois-tu, je pense que tu as reçu la visite de deux esprits. Celui du chien et celui de la louve. Ce qu'il faut que tu saches c'est qu'il n'y a pas que de « bons » esprits ! Certains sont plutôt « mauvais » !

— Mais que voulaient-ils ?

— L'esprit du chien a dû faire quelque chose qui a déplu ou qui n'a pas été complètement honnête par rapport à ton enquête ainsi celui de la louve le menace.

— Le chien serait le « mauvais » esprit et la louve le « bon » esprit ? Si on peut s'exprimer ainsi !

— Selon toi quel pourrait être le problème ?

— Je ne vois pas… Flash nous a aidés à retrouver un sans domicile fixe qui a été témoin du kidnapping de l'adolescent. C'est plutôt positif, je pense !

— Je ne peux pas t'aider plus, ma chérie.

— Merci, tante Sylvia. Je vais réfléchir. Et… encore une chose !

— Oui ! En quoi puis-je t'aider ?

— Mes rêves sont de plus en plus fréquents, voire même de plus en plus précis ! Est-ce que cela a un rapport avec Ayiana ?

— Oui bien sûr ! Ses pouvoirs s'intensifient considérablement et agissent sur tes émotions.

— Je m'en doutais un peu ! Merci, tante Sylvia !

— Prends soin de toi et de ta famille ma chérie et n'oublie pas que je vous aime.

— On t'aime aussi !

Ma tante m'avait donné à réfléchir. Le chien, le loup, les bons et les mauvais esprits. C'était un peu confus. Les pouvoirs divinatoires de ma fille m'influençaient et prenaient le pas sur mes enquêtes. Je décidais de mettre tout cela de côté et d'en parler à Thomas et à Ayiana plus tard.

Au poste c'était l'effervescence, tout le monde s'agitait. Marie vint vers moi tout excitée.

— Capitaine !

— Oui adjudant Lobaers, que se passe-t-il ?
— La ligne réservée aux appels à témoins !
— Oui… et ?

Reprenant son souffle, Marie déclara !

— Elle n'arrête pas de sonner !
— Ce sont des appels fiables ?
— Oui et comment !
— De qui ? lui demandais-je en me dirigeant vers mon bureau.
— De parents dont les enfants ont disparu ! Et de postes de police de la région.
— Quand ? Comment ? Dis-moi ! Ce n'était pas ce que nous attendions ! Et rien en ce qui concerne Freddie ?

Comme à son habitude Marie déplaça négligemment un paquet de dossiers de mon bureau afin d'y poser son postérieur.

— Voilà ma grande, il semblerait que ces derniers jours, d'autres ados auraient aussi disparus.
— À Antibes ?
— Dans la région !
— Depuis quand ?
— Une quinzaine de jours environ !
— Est-ce qu'il y a un rapport quelconque avec Freddie ?
— Oui et non !
— Explique-toi ! Arrête de me faire languir ! Dis-moi tout !

— Tous ces jeunes sont issus de familles d'immigrés !

— Mais je ne comprends pas, pourquoi est-ce que nous ne sommes au courant qu'aujourd'hui.

— Eh bien ma chère, il se trouve que certains parents n'avaient pas déclaré leur disparition, car ils étaient sans papier. Pour d'autres ce sont les différents commissariats qui avaient classés sans suite. Souvent ce genre d'affaires ne va pas très loin, car les autorités sont persuadées que les jeunes fuguent.

— Je vois ! et le fait que nous ayons fait intervenir les médias a déclenché quelque chose. De combien de jeunes est-ce qu'il s'agit ?

— Nous avons besoin de faire encore un tri entre les « vrais » et les « faux » appels. À ce stade des vérifications, je dirais qu'il faut compter environ quinze disparus potentiels.

— Garçons ? Filles ?

— Les deux !

— De quel âge ?

— Entre 13 et 17 ans !

— Tous mineurs donc !

— Exact !

— Bien ! Faisons venir tous les parents qui ont appelé ou se sont manifestés dans les différents commissariats ou postes de police, et ce, le plus tôt possible afin de les interroger.

— Certains refuseront à cause de leur situation !

— Il faut leur assurer que nous ne sommes pas là pour leur situation, mais pour retrouver leurs enfants.

— Bien… mais… nous le ferons ?

— Affirmatif ! Marie, tu vas constituer une équipe qui sera chargée de s'occuper uniquement de cette affaire. Je veux cinq de nos collègues avec toi. Vous me rendrez compte tous les jours de vos rencontres avec la famille. Je dis bien rencontre et non pas interrogatoire. Tu comprends ? Il ne faut pas les effrayer.

— Bien… bien Sophie, je saisis !

— Dès cet après-midi, je veux voir défiler, dans ces murs, des parents.

— Oh là, c'est court !

— Pas du tout ! Dix jours se sont déjà écoulés. On ne sait pas combien de ces enfants sont encore en vie !

— OK, je m'en occupe, à vos ordres, cheffe !

Marie sortit de mon bureau comme elle était entrée, avec un grand sourire auquel elle ajouta le salut militaire.

Je replaçais les dossiers qu'elle avait poussés. L'un d'eux contenait les photos prises par Freddie. J'espérais trouver quelque chose qui pourrait me mettre sur la piste de son kidnapping. Elles se rapportaient toutes au port d'Antibes. On y voyait des bateaux à quai, le Fort Carré, le chantier naval et des baraques de pêcheurs. Son ordinateur n'était pas verrouillé. Apparemment, Freddie n'avait rien à cacher. Et, en effet, il ne contenait rien de compromettant. Que des dossiers de cours et des devoirs plutôt bien notés. Les prises de vues ressemblaient à celles qu'il avait fait développer. Mais en plus il avait classé des photos de famille et d'amis. Quelques vidéos d'anniversaires et de fêtes. Je ne savais pas ce que je m'attendais à trouver ! J'avais beau regarder encore et encore, mais rien ne m'interpella.

Je sortis de mon bureau. Marie avait constitué son équipe, comme je l'avais demandé. Le téléphone ne cessait de sonner. La salle de réunion s'emplit de quelques personnes. Je m'apprêtais à les rejoindre lorsque l'adjudant Déreti accompagné de son collègue canin arriva.

— Bonjour Capitaine !
— Bonjour Adjudant ! Salut toi !

Je m'étonnais du comportement de Flash envers moi. Il était normal ! En même temps, je ne savais pas à quoi je m'attendais ! Dans mon rêve, il était différent ! Mais réflexion faite, ce n'était qu'un rêve !

Je rejoignis ma coéquipière dans la salle de réunion. Des parents d'enfants disparus répondaient aux questions de mes collègues. Une femme seule patientait dans le couloir.

— Bonjour, madame ! Je suis le capitaine Halbasque, je peux vous parler ?

Elle leva les yeux vers moi. Je remarquais qu'elle était très jeune. Elle semblait intimidée.

— Bonjour ! Euh, oui bien sûr madame !

— Vous êtes une parente d'un des adolescents que nous recherchons ?

— Mon frère Usman a disparu !

— Vous pouvez me donner des détails ? Son âge, depuis quand est-ce qu'il a disparu, ou l'avez-vous vu la dernière fois et tout ce qui vous parait important pour nous aider à le retrouver.

— Usman a 15 ans. Il n'est pas rentré du lycée mercredi midi pour déjeuner. Je ne sais pas quoi vous dire. Il trainait souvent sur le port avec d'autres jeunes de son âge.

— De quel côté du port ?

— Vers le chantier naval, le Fort Carré. Je ne sais pas trop. Il ne nous parle pas beaucoup.

— Pourquoi vos parents ne sont-ils pas venus ?

— Mes parents ne parlent pas bien le français. Et puis, ils avaient peur d'avoir des problèmes avec la police. De plus, ils pensent qu'Usman va revenir.

— Pourquoi ?

— Il lui arrive de dormir chez des amis sans nous avertir.

— Et vous ? Vous n'y croyez pas ? Pourquoi ?

— J'ai un mauvais pressentiment. Je ne peux pas l'expliquer.

— Vous pouvez nous laisser vos coordonnées ?

— Oui, bien sûr !

— Je vous appelle dès que j'ai du nouveau. Merci de vous être déplacée !

— Merci, madame.

Marie me fit comprendre qu'elle en avait fini avec les parents. Un stagiaire raccompagna le groupe vers la sortie. Je demandais à mes collègues de rester encore un moment dans la salle de réunion afin qu'ils me fassent part de leurs perspectives.

— Je vous remercie pour votre travail. Je consulterai vos notes plus tard. Nous sommes pris par le temps. Dans l'immédiat, je souhaite que vous me rapportiez tout ce qui pourrait faire avancer l'enquête. Marie prit la parole.

— Capitaine, j'ai interrogé trois couples. Et pour moi, il n'y avait aucun rapport entre les trois disparitions des ados. Si ce n'est que ce sont des immigrés qui devraient se mettre en règle ou rentrer chez eux !

— Adjudant Lobaers ! Nous ne sommes pas là pour régler les problèmes d'immigration !

— Je sais bien, mais dans le cas de ces gens, je n'ai rien trouvé qui pourrait nous aider à retrouver Freddie.

— Et vous, adjudant Bartan ?

— Capitaine, la fille des personnes que j'ai questionnées a bien quelque chose en commun avec Freddie. Comme vous vous en doutez, c'est une famille d'immigrés, mais pas seulement. La gamine fréquente aussi le port du côté du Fort Carré et va souvent déjeuner au pizza Truck !

— Bien ! Là on avance ! Merci adjudant Bartan ! Quelqu'un d'autre a une info ?

— Oui Capitaine ! Moi !

— Lieutenant Michel ? On vous écoute !

— Trois jeunes gens ont les mêmes points communs que la gamine dont vient de parler l'adjudant Bartan ! À savoir, le Fort Carré et le pizza truck.

— OK ! Bon travail ! On a besoin de voir ce qu'il se passe de ce côté du port. Je vais visionner les vidéos des drones.

Alors que je me dirigeais vers le poste de contrôle afin d'examiner les enregistrements, j'aperçus Marie qui sortait précipitamment, son téléphone à la main. Visiblement elle allait passer un appel. Je lui fis signe, mais elle m'ignora.

IX

Les bons et les mauvais

Jeudi 17 juin 2049,

Nous étions proches de résoudre cette affaire, je le sentais, mais ce que je percevais aussi me mettait mal à l'aise. À quoi jouait Marie ? Depuis quelques jours elle se comportait de façon étrange.

— Capitaine ?
— Oui, pardon Lieutenant, j'étais un peu ailleurs. Voyons les enregistrements des drones ! Est-ce qu'il est possible de voir ceux des dix jours derniers ? s'il vous plait !
— Oui bien sûr ! De plus on va se focaliser sur le port et en particulier du côté du chantier naval.
— Merci ! Et… dites-moi ? Actuellement, ils continuent à filmer dans ce secteur ?
— Oui mon Capitaine.

Après deux heures de visionnages, je demandais au lieutenant Michel s'il pouvait poursuivre sans moi. Les images ne montraient ni la camionnette blanche ni aucun adolescent dans ce secteur pendant la période qui nous intéressait.

Je m'attendais à ce que Marie nous rejoigne, mais elle n'en fit rien. D'ailleurs elle était introuvable.

Je ressentis le besoin d'interroger à nouveau monsieur Kiran. Je demandais à l'adjudant Déreti, encore dans nos murs de bien vouloir se charger de me le ramener.

— Adjudant Déreti, s'il vous plait !
— Oui mon Capitaine !
— Est-ce que vous êtes occupés, vous et votre compagnon Flash, cet après-midi ?
— Non ! Est-ce que nous pouvons vous aider ?
— Oui, pouvez-vous aller me chercher monsieur Kiran s'il vous plait ? Avec un peu de chance, il devrait se retrouver du côté du Fort Carré.
— Eh bien, oui nous allons faire un tour du côté du Fort et s'il y est, Flash le trouvera sûrement ! On y va tout de suite !
— Je vous remercie. Vous êtes gentils !

En attendant d'interroger monsieur Kiran, je retournais à la salle de contrôle. Le lieutenant Michel me fit comprendre d'un signe de tête qu'il n'avait rien découvert. Je pris le relais. Et alors que les images défilaient, quelque chose m'interpella : les containers ! En examinant de plus près, quelque chose avait changé d'un jour à l'autre ! J'appelais le lieutenant Michel.

— Lieutenant ! Venez voir !

— Capitaine ! Qu'y a-t-il ?

— Regardez la vidéo du 11 juin à 12 h !

— Oui ! Que dois-je regarder ?

— Vous voyez le container orange ? Celui qui est à côté du blanc ?

— Oui, je le vois ! Eh bien ?

— Maintenant, observez bien la vidéo du 12 juin !

— Oui ! il n'y est plus ! Il y a un container blanc à la place !

— Exact ! Mais ce n'est pas tout Lieutenant ! Regardez bien l'heure ! L'enregistrement a été modifié !

— Ce n'est pas possible ! C'est quelqu'un de la maison !

— Il manque deux heures !

— Mais qui ? Et pourquoi ?

— Ce sont des questions auxquelles je voudrais bien pouvoir répondre !

— Vous pensez que ce container est lié à la disparition des enfants ?

— Pour l'instant, c'est tout ce que nous avons. Et pourquoi avoir trafiqué la vidéo s'il n'y avait rien à cacher ?

— C'est peut-être un problème technique !

— Vous avez peut-être raison, mais peut-être pas !

J'avais un mauvais pressentiment. J'appelais la capitainerie du port d'Antibes.

— Allo, bonjour je suis le capitaine Halbasque de la gendarmerie d'Antibes.

— Bonjour Capitaine, que pouvons-nous faire pour vous ?

— Pouvez-vous me dire si vous avez actuellement un cargo amarré dans le port ?

— Il y avait bien depuis une quinzaine de jours un cargo étranger dans le port, oui. Il a fini de charger ce matin et il vient juste de partir. Il ne doit pas être très loin à l'heure actuelle. Pourquoi Capitaine que se passe-t-il ?

— Nous le soupçonnons de détenir de la marchandise illégale ! Nous devons vérifier le contenu de ses containers !

— OK, je vais appeler mes collègues afin qu'il soit arraisonné.

— Entendu !

J'ai contacté la gendarmerie maritime en leur demandant de m'attendre. Nous sommes passés par la capitainerie afin de prendre les renseignements sur ledit cargo. Il s'agissait d'un navire asiatique de plus de 190 mètres de long destiné au transport de marchandises. L'équipage de 25 marins, tous d'origine asiatique ne s'attendait pas à ce que deux zodiacs et une frégate de la gendarmerie fassent cap dans leur direction

Nous avons embarqué sur le cargo pour un contrôle de niveau III. Plusieurs équipes sont montées à bord, une équipe chargée du contrôle des documents du navire, une autre affectée avec l'appui d'un chien à la recherche d'explosifs, de drogue ou d'armes ainsi qu'une équipe de plongeurs devant s'assurer qu'il n'y avait rien de caché sous la ligne de flottaison. Une fois cette inspection terminée, je me suis adressé au capitaine Girardoit, qui dirigeait cette opération.

— Capitaine, je souhaiterais que soient inspectés les containers qui ont été embarqués au port d'Antibes. Nous sommes partis vite et je n'ai pas eu le temps de vous expliquer la raison de ma présence.

— Exact Capitaine, on m'a dit qu'il fallait procéder à une opération de contrôle sûreté d'un cargo et que vous seriez présente, alors nous avons foncé ! Jusqu'à présent nous n'avons rien repéré d'illicite !

— Vous êtes toujours aussi rapide ! Votre réputation vous précède !

— J'ai beaucoup entendu parler de vous aussi, Capitaine Halbasque ! C'est pourquoi je n'ai pas posé de question ! Nous avons effectué les vérifications d'usage et nous n'avons rien découvert. Alors, dites-moi, maintenant j'ai besoin de savoir ce que nous recherchons exactement ! Est-ce que c'est en rapport avec les jeunes disparus ?

— En effet Capitaine !

— Vous pensez qu'ils sont enfermés dans les containers ?

— C'est possible !

— Encore une de vos intuitions ?

— Pas seulement !

Le capitaine Girardoit rappela son équipe de contrôle. Il leur demanda de vérifier les documents afin de repérer le ou les containers embarqués à Antibes. Ensuite nous nous sommes dirigés avec l'équipe cynophile en direction des dits chargements.

J'étais inquiète, mais une petite voix me disait quelque chose comme « tu y es presque, vas-y, dépêche-toi ». Un instant j'ai cru reconnaitre la voix de ma fille. Mais je devais me faire des idées. Et puis un chien s'est mis à aboyer. On y était !

— Capitaine Halbasque ! Regardez !

Le container, le container orange, celui que je soupçonnais de renfermer les enfants… il était… vide ! Mais visiblement des humains y avaient séjourné ! L'odeur était terrible !

— Capitaine, je suis désolé ! C'est évident ! ils étaient là et depuis peu ! Regardez ! il y a des couvertures, des vêtements et des sacs.

C'était frustrant. On y était presque ! J'espérais vraiment les trouver dans cette caisse. Je pensais les sauver. Où pouvaient-ils bien être ? Le chien continuait à flairer les caissons adjacents. Et pour être sûr, le capitaine en demanda l'ouverture au personnel de bord. Mais rien ! Que de la marchandise en règle.

Et puis…

Un homme du capitaine Girardoit nous interpella.

— Capitaine !

— Oui !

— Mon Capitaine, la frégate vient de repêcher un adolescent ! Non deux adolescents ! Ils vous appellent à la radio.

La frégate de la gendarmerie venait de secourir des jeunes. Le capitaine Girardoit pensait que notre arrivée avait été remarquée.

— Ils ont dû les jeter par-dessus bord lorsque nous sommes arrivés.

— Sans doute.

Nous avons ramené au port tous les adolescents où des ambulances les attendaient. Ils étaient tous déshydratés, mais leurs jours n'étaient pas en danger. Ils ont été hospitalisés et leurs parents ont pu leur rendre visite.

Je suis retournée au poste, soulagée. Mais mon travail n'était pas terminé. L'adjudant Déreti m'attendait.

— Capitaine, vous les avez retrouvés, félicitations !

— Merci adjudant, mais je n'étais pas toute seule, lui répondis-je en caressant le museau de Flash. Avez-vous trouvé monsieur Kiran ?

— Oui, il est là ! Sur le banc !

— Ah oui, je le vois ! il était où ?

— Comme vous m'aviez dit, au Fort Carré !

— Merci adjudant !

— Je vous en prie !

Nous nous sommes installés monsieur Kiran et moi dans la salle info et j'ai mis en marche l'I.A pour que nous puissions communiquer.

— Monsieur Kiran, merci d'être venu.
— Qu'est-ce que vous voulez encore ?
— Je voudrais vous poser quelques questions.
— Je vous ai dit tout ce que je savais !
— Je ne crois pas non ! Savez-vous que nous avons retrouvé les jeunes ?
— Non ! Vous me l'apprenez ! C'est bien, je suis content ! Est-ce qu'ils vont bien ?
— Ils sont hospitalisés pour l'instant. Leurs jours ne sont pas en danger, mais nous les avons sauvés de la noyade ! Ils étaient dans un container, embarqué sur un cargo en partance pour l'Asie. Savez-vous pourquoi ?
— Comment je saurais ? Pourquoi vous me dites ça à moi ? Je n'y suis pour rien ? J'ai rien fait ! Moi je vous ai aidés ! Je comprends pas !
— Restez ici, je reviens !

Quelque chose n'allait pas. Je n'arrivais pas à savoir ce qui me gênait dans cette histoire. Je m'y prenais mal. À quoi est-ce que je pensais en interrogeant ce SDF. S'il avait quoique ce soit à se reprocher, il n'allait pas avouer comme ça ! Je devais le laisser partir ou bien trouver quelque chose. Je sortis un instant pour réfléchir dans le couloir. L'adjudant Déreti me vit et vint vers moi.

— Capitaine !
— Adjudant ! Vous êtes encore là ?

— Oui Capitaine ! Nous avions une mission avec Flash.

— Ah, super, je vois que vous êtes très demandés tous les deux !

— Oui, on est doués ! Mais je voulais vous dire…

— Oui, qu'y a-t-il ? Je vous écoute !

— En général, lorsqu'on nous confie une mission, on nous fait confiance ! Flash est un chien adapté pour retrouver des personnes. D'ailleurs il l'a prouvé à plusieurs reprises.

— Oui adjudant, j'en suis consciente et c'est pour cela que je fais appel à vous. Je vous connais à présent et je connais votre professionnalisme. Mais pourquoi me dites-vous tout cela ?

— Capitaine, je ne voudrais pas vous manquer de respect, mais nous avons l'habitude de remplir nos missions sans avoir besoin d'être secondés !

— C'est évident ! Mais je ne comprends pas. Dites-moi que s'est-il passé ?

— Eh bien, sauf votre respect, je n'ai pas apprécié que vous ayez envoyé l'adjudant Lobaers pour me seconder dans ma mission de recherche du SDF.

— Que dites-vous ?

— Vous m'avez demandé de retrouver et de vous ramener le SDF nommé Kiran alors que l'adjudant Lobaers avait visiblement le même objectif !

— L'adjudant Lobaers était avec vous pour exécuter la mission ?

— En fait non ! Elle était déjà sur place, en sa compagnie lorsque nous sommes arrivés au Fort Carré. Mon compagnon était sur la piste de notre homme. Il s'est mis à courir, je l'ai suivi et c'est là que j'ai vu l'adjudant Lobaers.

— Qu'étaient-ils en train de faire ?

— Ils discutaient, je suppose !

— Adjudant Déreti, je n'ai pas envoyé l'adjudant Lobaers pour vous seconder. C'est à vous que j'ai confié cette mission. Je ne sais pas ce qu'elle faisait avec le SDF, mais je vais le savoir. En attendant, je vais vous demander de garder cette conversation pour vous. Personne ne doit savoir ce qu'il s'est passé.

— À vos ordres, mon Capitaine. Merci de votre confiance.

J'ai demandé à ce que monsieur Kiran soit mis en garde à vue jusqu'à ce que j'éclaircisse cette histoire. La journée étant terminée, visiblement il allait passer la nuit au poste.

Marie restait injoignable. J'ai laissé un message lui demandant de me rappeler au plus tôt et je suis rentrée.

La voiture de Thomas n'était pas dans le garage. La maison était vide ! J'appelais son téléphone. Il répondit depuis la voiture. Ayiana était avec lui.

— Thomas !

— Maman, ne t'inquiète pas on arrive !

— Mais où êtes-vous ? Que se passe-t-il ? Tout va bien ?

— Ma chérie, nous rentrons, nous allons t'expliquer.

— Mais dites-moi au moins d'où venez-vous ? Il est tard ! Je m'inquiétais !

— N'aie pas peur ma petite maman, ce n'est rien, on revient de chez le vétérinaire pour Lola.

— Qu'est-ce qu'elle a ? Elle va bien ?

— On arrive Sophie, on va tout t'expliquer !

— D'accord chéri, à tout de suite ! Je vous attends !

J'étais très inquiète.

— Enfin ! Vous êtes là ! Viens ma chérie, ma Lola !

Lola me fit la fête. Elle se trémoussait. Ce qui sur le moment me rassura sur son état de santé.

— Thomas, Ayiana, dites-moi pourquoi l'avoir amenée chez le vétérinaire ?

— Sophie, nous nous sommes rendu compte que depuis quelques jours, Lola était un peu fatiguée.

— Je n'ai rien vu ! Qu'est-ce qu'elle avait ?

— Ma chérie, ce n'est pas ta faute, tu avais du travail ! Lola était fatiguée. Elle dormait beaucoup et mangeait peu. Et ce soir, elle ne voulait rien avaler. Ayiana lui a fait un massage et m'a dit qu'il fallait l'amener chez le vétérinaire. Nous sommes partis. Pardon de ne pas t'avoir appelée !

— Non, vous avez bien fait. C'est moi qui devrais m'excuser ! Qu'a dit le vétérinaire ?

— Il l'a auscultée et il nous a dit que chez les Goldens, c'était courant à l'âge de Lola… pardon je n'y arrive pas…

Ayiana continua, Thomas était très ému.

— Maman, Lola souffre d'un cancer !

— Lola, ma chérie, viens !

Lola avait un air joyeux. Sa queue balançait dans tous les sens. Je la pris dans mes bras.

— Elle a l'air en pleine forme, pourtant, dis-je la voix nouée ! Ce n'est pas possible, le vétérinaire a pu se tromper !

— Maman chérie, le docteur Carry lui a donné un remontant. Un super cocktail comme il l'a appelé afin qu'elle se sente bien pendant quelque temps. Il m'a aussi conseillé de la soigner avec mes plantes médicinales. Je ferai tout ce que je pourrai pour l'aider.

— Combien de temps ?

— Maman, tu te fais du mal ! Il ne faut pas voir les choses ainsi. Nous allons tout faire pour qu'elle souffre le moins possible. Elle sera heureuse encore et toujours avec nous comme elle a été jusqu'à maintenant. J'y veillerai. Nous ne devons pas penser à elle comme à un être malade, mais comme à la Lola que nous avons toujours connue et que nous aimons.

Encore une fois notre fille se montrait rassurante. Sa voix douce et ses mots d'une justesse sans pareil m'apaisèrent. La petite golden se libéra de mes bras et alla jouer avec le chat. Ayiana et Thomas vinrent près de moi.

— Ma chérie, comment était ta journée ?

— Déconcertante !

— Raconte-nous ! Dit Ayiana tout en jetant négligemment ses chaussures de sport dans le hall d'entrée.

— Aux infos, ils ont dit que vous aviez retrouvé les ados ! Ils avaient été balancés du cargo ! N'est-ce pas ?

— Oui, oui, c'est bien ça !

— Et tu n'as pas l'air satisfaite ! Les coupables ce sont les gens du navire, non ?

— C'est pas si simple Thomas ! C'est toute une organisation criminelle !

— Oui, mais tu sais très bien que dans ces cas vous n'arrivez jamais à coincer les gros, les chefs ! N'est-ce pas ?

— C'est vrai ! D'habitude, on arrête les petits et la vie continue ! Mais là, tu vois, il y a quelque chose d'étrange, qui me dérange ! Et puis il y a ce rêve…

— Quel rêve maman ? interrogea Ayiana en servant son repas à Lola qui le dévora goulument.

— L'autre soir, je me suis endormie dans le jardin et j'ai rêvé que Flash, tu sais le chien policier ?

— Oui, tu nous en as déjà parlé ! Eh bien… continue !

— Oui… alors Flash est arrivé dans le jardin, il s'est mis à avoir peur. Il s'est mis en position de soumission ou je ne sais quoi, tu vois comment font les chiens devant un animal plus fort. Et de derrière les buissons est apparu un loup énorme qui lui montrait les crocs. C'était impressionnant ! On aurait dit qu'il voulait l'attaquer.

— Et ?

— Et je crois que je me suis réveillée !

— Tu penses que cela a un rapport avec ton enquête ?

— En fait, j'en ai parlé à tante Sylvia et elle m'a dit qu'au travers de ces deux animaux, j'avais reçu la visite de deux esprits. Un bon et un mauvais ! Et oui, cela devait avoir un rapport avec mon enquête, car Flash est le chien qui a participé. Il a trouvé le témoin du kidnapping de Freddie ! Qu'en penses-tu ? Toi !

— Tante Sylvia doit avoir raison pour la visite des esprits. Ce chien, Flash comment se comporte-t-il avec le témoin ?

— Il a l'air de l'apprécier. Et dans ton rêve le loup lui donnait un avertissement… C'est peut-être cela qui te dérange !

— C'est possible ! Et il y a autre chose !

— Qu'y a-t-il Sophie ?

— C'est Marie !

— Marie, ta coéquipière et meilleure amie ? s'étonna Thomas.

— Oui, je trouve que dans cette affaire, son comportement est étrange !

— Qu'entends-tu par étrange ?

— Pour commencer, pendant que nous interrogions les parents des enfants disparus, j'ai remarqué qu'elle avait un air un peu dégagé. Ensuite, lorsque j'ai demandé au maître-chien, l'adjudant Déreti d'aller me chercher le SDF Kiran au Fort Carré, il les a surpris tous les deux en pleine conversation ! Je précise que Marie est restée injoignable toute l'après-midi.

— Tu nous as bien dit que le SDF était sourd et muet ?

— Oui Thomas, exactement !

— Et… Marie connait le langage des signes ?

— C'est bien ce que je voudrais lui demander ! Si j'arrive à la joindre ! En attendant, Kiran dort au poste !

— Vous l'avez arrêté ?

— Non ma chérie, il est en garde à vue. Je ne savais pas vraiment quoi lui reprocher. Je n'avais pas encore parlé à l'adjudant Déreti. C'est lui qui les a surpris en train de discuter. De plus, en visionnant les images prises par les drones sur le port, on a constaté qu'elles avaient été trafiquées.

— Trafiquées comment ? demanda Thomas.

— Il manque deux heures ! Visiblement ça pourrait correspondre au jour où les enfants auraient été transportés dans les containers ou peut-être on verrait les personnes impliquées, je ne sais pas.

— Tu soupçonnes quelqu'un de chez vous ? Un traitre ? Pas Marie quand même ?!

— Je n'espère pas ! Mais j'aimerais bien avoir une conversation avec elle !

— Marie est ta meilleure amie ! Vous travaillez ensemble depuis longtemps maintenant ! Vous vous faites confiance !

— Je le sais bien, mais avouez, vous deux que j'ai de quoi avoir quelques soupçons ? Non ?

— Ma petite maman, je ne sais pas quoi te dire… si ce n'est qu'il faut suivre ton intuition !

— Thomas ! Qu'en penses-tu ?

— Je fais confiance aussi à ton intuition. Mais attention à ne pas tout gâcher. L'amitié c'est important ! Ne te laisse pas aveugler par ta quête de la vérité.

— Vous avez raison, je vais demander des explications tout en restant vigilante.

X

Mordred

L'enquête n'était pas terminée. Nous avions retrouvé les enfants, oui, mais…

Nous devions les interroger. Assistée d'un psychologue et en présence de ses parents, j'ai demandé à voir le jeune Freddie.

— Bonjour, Freddie, je suis le capitaine Halbasque. Comment te sens-tu ?

— Bonjour madame, je vais bien merci.

— Est-ce que je peux te poser quelques questions ? Te sens-tu prêt à me répondre ?

— Oui madame ! Mes parents m'ont parlé de vous. Je vous remercie de m'avoir sauvé. Je veux dire de nous avoir sauvés, tous !

— Ce n'est rien, tu sais, c'est mon travail ! Est-ce que tu peux me raconter comment s'est passé ton enlèvement ?

— Oui, bien sûr ! J'avais rendez-vous avec Kiran au pizza truck sur le port. Et c'est là que quelqu'un m'a attrapé et m'a mis dans le camion.

— Et ensuite ?

— Après ils m'ont emmené dans un… je sais pas ! un endroit où il y avait d'autres enfants.

— Quel endroit ?

— Je sais pas, j'avais quelque chose sur la tête, quelque chose qui sentait mauvais, je voyais rien, mais après j'ai pu l'enlever, mais j'étais enfermé avec d'autres et il faisait noir et ça sentait vraiment mauvais et des filles pleuraient. C'était horrible !

En disant ces mots, Freddie se mit à sangloter. Sa mère le prit contre elle.

— Excuse-moi de t'embêter, mais c'est important ! Est-ce que tu as pu voir le visage de tes kidnappeurs ?

Le jeune garçon releva la tête. Sa mère lui tendit un mouchoir. Il s'en frotta le nez et me regarda. Puis il répondit calmement.

— Non madame, ils portaient une cagoule ! Vous savez comme les braqueurs de banque !

— Freddie, j'ai besoin de savoir… depuis combien de temps connais-tu Kiran ?

— Depuis quelques mois ! Pourquoi ? C'est mon pote !

— Tu connais le langage des signes ?

— Oui, c'est un cours que nous avons au lycée en options.

— Bien, c'est super ! Et comment l'as-tu connu ?

— Il était là… comme ça, un jour à la sortie du lycée et j'ai eu de la peine en le voyant. Il avait faim alors je lui ai donné un truc que j'avais dans le sac et voilà on est devenu amis. Plus tard il m'a emmené au pizza Truck, il m'a dit que des fois il y avait des pizzas gratuites et voilà !

— Et depuis vous alliez souvent au pizza truck ensemble ?

— Pas trop !

— C'est-à-dire ?

— Des fois !

— Mais le jour de ton kidnapping, vous aviez rendez-vous ?

— Oui, ce jour-là on avait rendez-vous !

— Pourquoi ?

— Bof, je sais pas moi !

— C'était la première fois qu'il te donnait rendez-vous ?

— Oui je crois !

— Est-ce que tu connais les autres enfants qui étaient avec toi dans le container ?

— Deux filles sont dans ma classe. Sinon je crois qu'un garçon est dans mon lycée et les autres je sais pas. Il faisait noir.

— Je te remercie, je vais te laisser te reposer. Je reviendrai te voir.

Après avoir interrogé Freddie, je me suis rendu dans la chambre d'Usman. Sa sœur était présente. Il était terrifié. Je lui ai demandé s'il connaissait un homme nommé Kiran, mais il m'a répondu par la négative. Il n'avait même jamais entendu parler d'une personne sourde et muette. Le récit de son enlèvement différait de celui de Freddie à quelques détails près puisqu'il avait bien été kidnappé en face du pizza truck, mais un samedi. Il passait devant à vélo !

Le lieutenant Michel qui venait d'interroger la petite Zenia, me rapporta, un témoignage quelque peu similaire à celui d'Usman. Son kidnapping ayant eu lieu à deux pas du pizza truck de Rachid.

En rentrant au poste, j'eus la surprise de voir Marie installée derrière son bureau. Souriante comme de coutume, elle me fit de grands signes.

— Salut Capitaine. Comment ça va ?

— Marie, où tu étais passée ?

— Aucune part ! J'étais là, fidèle au poste comme d'hab ! Pourquoi ? C'est toi qui n'étais pas là !

— Tu sais que nous avons retrouvé les jeunes ?

— Oui, évidemment ! Bravo ! Tu as encore utilisé ton truc !

— De quoi parles-tu ?

— Oui, tu sais bien ! Ton truc ! Tes rêves, tes intuitions et tout le bazar !

— Pourquoi dis-tu ça ?

— C'est vrai non ?

— Marie… viens dans mon bureau une minute, s'il te plait !

— Ouh là je suis convoquée dans le bureau du Capitaine !

— Entre et assieds-toi !

« Non ! pas sur mon bureau ! sur la chaise, s'il te plait !

— Oh, mais ça a l'air très sérieux !

— Marie, où étais-tu hier après-midi ?

— Ben… j'étais là ! Pourquoi ?

— Marie, je suis sérieuse ! Je t'ai vue quitter le poste, ton téléphone à la main. Ensuite tu n'es pas rentrée de l'après-midi. J'ai tenté de te joindre à plusieurs reprises.

— Ah ! C'est pour ça que tu prends ton air pincé ! Mon téléphone était déchargé, voilà tout !

— Mais où étais-tu ?

— Là dans le coin ! Mais c'est quoi cet interrogatoire ? Tu ne me fais pas confiance ?

— Tu aurais dû être avec moi !

— Mais à ce que je vois, tu t'en es bien sortie sans moi ! Non ? Oh, je t'ai manquée ! C'est pour ça que tu me fais une scène ? Désolée, je ne savais pas que nous étions mariées !

— Marie ! ça suffit ! Tu sais très bien ce que je veux dire !

— Oh, mais c'est une vraie crise de jalousie !

— Arrête ! Dis-moi ce que tu faisais avec Kiran au Fort Carré ? Tu connais la langue des signes ?

— Ah ! C'est donc ça ! Tu me fais suivre ? De mieux en mieux ! Une vraie épouse jalouse !

— Tu sais bien qu'il ne s'agit pas de ça ! Réponds à la question !

— Je l'ai vu par hasard et oui je connais la langue des signes ! Enfin quelques rudiments.

— Alors, pourquoi ne pas l'avoir interrogé au poste ?

— Je ne suis pas experte ! En tous cas pas assez pour diriger un interrogatoire.

— Que lui as-tu dit ?

— Rien d'intéressant ! Je l'ai salué ! Je lui ai demandé comment il allait. C'est tout !

— Et que faisais-tu au Fort Carré pendant ton service ?

— Oh, ça va je prenais l'air ! Tu le fais jamais ?

— Marie, tu sais que tu peux tout me dire !

— Oui oui, mais là je ne vois pas ce que tu veux que je te dise ma belle !

— Je ne sais pas… tu es sûre que tu n'as rien à me dire ?

— Bon allez ça va ! Tu es un peu lourde là ! Je ne comprends pas où tu veux en venir avec tes sous-entendus ! Lâche-moi tu veux !

Marie sortit de mon bureau en claquant la porte. J'étais quelque peu déconcertée.

Je me rendis en salle info.

— Bonjour Lieutenant Michel, est-ce que vous avez du nouveau ?

— Capitaine, nous avons les vidéos des drones qui ont survolé le port ces quinze derniers jours.

— Et c'est intéressant ?

— En fait, la dernière fois, nous avions remarqué qu'il manquait deux heures sur un enregistrement, n'est-ce pas ?

— Oui, je me souviens et nous en avions déduit qu'il pouvait s'agir soit d'un problème technique soit d'une manipulation de quelqu'un de la maison.

— Exact !

— Et vous avez trouvé autre chose de similaire ?

— Je crois bien !

— Comme quoi ?

— Des coupures, des microcoupures même !

— Je vois ! Vous pensez comme moi que c'est quelqu'un de chez nous, n'est-ce pas ?

— Eh bien… malheureusement oui ! Mais quelqu'un de l'extérieur aurait pu aussi se connecter, mais c'est peu probable.

— Pourquoi ?

— Parce que le réseau est sécurisé.

— Et je suppose qu'il n'est pas nécessaire de s'introduire dans le poste de contrôle pour faire ces manipulations, n'est-ce pas ?

— Exact ! Les enregistrements sont sur le réseau !

— Tous les agents ont un accès au réseau ?

— Les gradés uniquement !

— Peut-on savoir qui a eu accès ?

— L'agent peut avoir couvert ses traces. Mais on peut essayer de le retrouver.

— Faites votre possible, je veux savoir de qui il s'agit !

— Bien mon Capitaine !

— Merci Lieutenant.

— Et encore une chose Lieutenant !

— Oui Capitaine !

— Est-il possible de récupérer ces images ?

— Là ce n'est plus de mon ressort. Il faut faire intervenir un agent de l'INL [1].

— Oui, allez-y ! merci encore Lieutenant ! Et tenez-moi au courant !

Lorsque j'ai quitté le poste, Marie était déjà partie. Mais il était tard ! J'ai demandé à ce que monsieur Kiran soit libéré, car je n'avais rien contre lui. Je suis rentrée. Je me sentais mal à l'aise. Cette discussion avec Marie m'avait perturbée... Et puis en fin de compte, les enfants étaient sauvés ! Oui, mais ! Oui, mais !

Je rejoignis mon véhicule. J'étais fatiguée, la pluie commençait à tomber. Puis c'est lorsqu'il se mit à pleuvoir de plus en plus fort que me revint le souvenir du témoignage de l'ami de ma tante, Antoine. Il avait assisté au meurtre de Barbara de la Noé. Cette nuit-là, c'est sous une averse de tous les diables, que la bande à Durieux se débarrassa de la femme qui le fascinait. Ce drame lui avait valu un AVC. Pauvre homme ! Je me souvenais de la date ! C'était le 30 septembre 2020 !

[1]— Le Département informatique-électronique de la gendarmerie nationale.

Alors que j'étais perdue dans mes pensées-souvenirs, j'ai cru reconnaitre ma collègue sortir d'une voiture arrêtée sur le bas-côté. Je ralentis tentant de distinguer le visage dissimulé sous le parapluie qu'elle tenait. Mais il n'y avait aucun doute. Il faisait nuit, la pluie voilait quelque peu ses traits, mais je la connaissais trop bien ! C'était bien elle ! Au volant… le capitaine Martigue ! Mon ancien chef ! Lui aussi, je le connaissais trop bien pour avoir des doutes ! Son allure, son profil ! C'était bien lui ! J'ignorais qu'ils se voyaient toujours ! Elle ne m'en avait pas parlé ! Je tentais de me rassurer en me disant que rien ne l'obligeait à le faire d'ailleurs ! Mais sachant ce qu'il s'était passé entre nous… Je voulais dire entre le capitaine Martigue et moi bien sûr, je pensais que Marie, ma partenaire et amie aurait dû m'en parler !

J'ai continué ma route. Je suis rentrée chez moi un peu chamboulée. Décidément Marie était une femme pleine de surprise !

Ma petite famille m'attendait. Lola était fatiguée, mais selon Ayiana elle avait joué avec le petit félin et c'était normal. Et comme elle prenait bien son traitement, je n'avais aucune raison de m'inquiéter.

J'avais l'intention de me confier à mon compagnon quant à mes soupçons au sujet de Marie. Je me sentais mal à l'aise, mais je tenais à profiter de mes amours. Je pris donc le parti d'oublier au moins pour une soirée toute cette histoire.

Thomas nous prépara un diner chaleureux et notre fille nous raconta sa journée. Orion nous offrit un numéro de clown puis il fit des câlins à Lola qui apprécia énormément. Le boulot était loin, très loin. Du moins jusqu'au lendemain. Épuisée, je m'endormis sur le canapé dans les bras de mon bien-aimé.

— *Capitaine ! Capitaine ! C'est vous ?*

— *Qu'est-ce que vous croyez, Sophie ? Oui c'est moi !*

— *Capitaine Martigue ?*

— *Ah ah ! petite sotte !*

— *Marie ? Toi aussi ? Les enfants ? Pourquoi ?*

— *L'argent bien sûr ! Ma belle ! Beaucoup d'argent !*

— Sophie ! ma chérie, viens dans ton lit, tu seras mieux pour dormir !

— Thomas ?

— Oui mon amour, viens te coucher !

— Thomas, je sais qui a enlevé les enfants pour les vendre aux Asiatiques !

— Ma chérie, tu t'es endormie ! Tu as fait un cauchemar ! Tu parlais dans ton sommeil !

— Oui, oui, je sais, mais… oh pardon mon amour ! Je dis n'importe quoi !

XI

Négatif

Lorsque je suis arrivée au poste, les agents de l'INL étaient déjà au travail.

— Bonjour, messieurs, je suis le capitaine Halbasque. Je vous suis très reconnaissante d'intervenir aussi rapidement.

— Bonjour Capitaine ! Je suis le lieutenant Abrim et voici mon collègue le lieutenant Restant. Nous allons vous aider.

— Vous connaissez le problème ?

— Oui Capitaine, le lieutenant Michel nous a fait le topo.

— Vous savez que vous devrez faire votre rapport qu'à moi ou au lieutenant Michel, en mon absence ?

— Oui mon Capitaine !

— Vous pensez en avoir pour combien de temps ?

— C'est difficile de vous répondre Capitaine. Nous allons faire le maximum. Si le hacker a laissé sa trace, ce devrait être assez rapide ! Comptez deux ou trois heures. En revanche, s'il est doué et qu'il a masqué ses traces, cela peut prendre des jours.

— Bien ! Je vous laisse travailler ! Tenez-moi au courant !

— Comptez sur nous Capitaine !

Je me suis dirigée vers mon bureau en prenant bien soin de ne pas lever les yeux vers celui de Marie. Je l'ai pourtant aperçue malgré moi, discutant avec un agent, un café à la main. Je savais qu'elle n'allait pas tarder à se manifester. Et deux minutes plus tard…

— Capitaine Halbasque ! À vos ordres !

— Bonjour, Marie !

— Bouh ! Tu as ton air des mauvais jours ! Tu as mal dormi ?

— Non pas du tout, je te remercie, j'ai très bien dormi !

— Alors, dis-moi, que font ces beaux messieurs dans la salle de contrôle ?

— Des vérifications !

— Ils vérifient quoi ?

— Ils vérifient le matériel !

— Pourquoi ? Il y a un problème avec notre matériel ?

— Du tout ! Mais il vaut mieux de temps en temps faire des contrôles pour être sûr que tout fonctionne normalement !

— Ah, je vois ! C'est toi qui as demandé ces « vérifications » ?

— Tu es bien curieuse !

— Ouais ! Et alors ?

— Et alors, tu ferais mieux de te mettre au travail ! Tu as des rapports en retard, il me semble !

— Hou là ! C'est bien ce que je disais, madame est dans ses mauvais jours ! OK OK, j'y vais ! À vos ordres, mon Capitaine grognon !

Elle sortit comme elle était entrée avec un grand sourire combiné au salut militaire.

J'avais hâte d'avoir des nouvelles des agents de l'INL. J'aurais aimé que Marie ne soit pas impliquée. Malgré tout, je tenais vraiment à elle. Cependant, j'étais sûre de l'avoir vue en compagnie du capitaine Martigue et cette idée me tourmentait.

Au bout d'une semaine, les agents de l'INL déclarèrent forfait. Des images avaient bien été effacées, mais comment et par qui ? Selon eux, malgré toute la technologie dont ils disposaient, il n'était pas possible de les récupérer ni même de répondre à cette question. Ils affirmèrent que le détecteur d'intrusion n'avait pas fonctionné ! Entre autres choses !

Thomas avait pris quelques jours de vacances. Il était temps pour moi de poser aussi des congés. L'été 2049 annonçait des températures caniculaires pour les semaines à venir. Se rendre à la montagne était notre meilleure option. Nous avions décidé de partir nous reposer sur notre propriété de Garfait, dans les Alpes-de-Haute-Provence. Nous n'y avions plus été depuis longtemps. Ayiana devait avoir 5 ans la dernière fois. Nous avions arrangé la cabane de Marcel. Au lieu de la faire démolir comme tout le monde nous l'avait conseillé, nous avons préféré l'aménager. Nous avons gardé le petit « nid » en bois d'Orion fabriqué par son papa. C'était émouvant ! La frêle construction en bois n'était pas en très bon état, mais les mains d'or de mon bien-aimé avaient une fois de plus fait des merveilles. Tout en gardant le charme et la personnalité du lieu, il était arrivé à nous façonner un endroit bien à nous. Orion se sentait chez lui, et c'était rassurant.

Pourtant la première fois que nous sommes revenus, après le décès de monsieur Marcel Lamorce, nous n'étions pas sûrs de pouvoir respecter ses dernières volontés. En effet, en adoptant son animal de compagnie, nous devenions les propriétaires d'un terrain, ou plutôt d'une forêt de deux cent cinquante hectares, sur laquelle coule une petite rivière. Il y avait une clause : nous pouvions faire démolir la cabane, mais aucune autre construction ne devait voir le jour. En définitive, nous sommes heureux de l'avoir conservée ! Orion semble apprécier ce geste.

— Thomas, que dirais-tu si nous allions passer quelques jours à Garfait ?

— Si tu veux ! Il faut demander à Ayiana et voir si Lola n'est pas trop fatiguée pour supporter le voyage !

— Tu as raison !

« Ayiana, ma chérie, papa et moi serons en congé la semaine prochaine pour une quinzaine de jours et nous aimerions aller à Garfait. Qu'en penses-tu ?

— C'est une super idée ! Quand partons-nous ?

— Dès que possible ! Et dis-moi, est-ce que tu crois que Lola pourra supporter les deux heures de route ?

— Ne t'inquiète pas, nous lui donnerons ses médicaments et tout ira bien. Cela lui fera du bien de prendre l'air. À nous aussi d'ailleurs.

Notre fille nous rendait fières de jour en jour. Elle était merveilleuse, enthousiaste et généreuse !

L'ambiance de Garfait était particulière. C'était à chaque fois la même chose lorsque nous passions le panneau, à l'entrée du village. Il y avait quelque chose de spécial, difficile à définir. Les couleurs du ciel… on aurait pu croire qu'elles passaient à travers un filtre. Les senteurs devenaient plus fortes, mais je pensais que cela devait venir de mon imagination alors je me contentais de nettoyer mes lunettes de soleil et de prendre une grande inspiration.

Le village était désert. Nous nous attendions à voir au moins quelques villageois attablés devant l'unique hôtel tenu par Christiane. Mais l'établissement était fermé. Nous avons continué notre route jusqu'à la forêt. Le terrain autour de la cabane avait besoin d'être nettoyé. Le jeune adjudant Mattieu s'était proposé d'entretenir le terrain. En échange, il pouvait s'y promener de temps à autre avec son chien.

Nous avions créé un lien lors de l'enquête que nous menions conjointement afin de résoudre le meurtre de Marcel. Visiblement, il n'était pas venu depuis fort longtemps. Nous avons posé nos affaires et nous nous sommes mis au travail. Ayiana était volontaire et très active. Orion et Lola ont tôt fait de partir dans la forêt afin de profiter de la nature.

— Thomas, nous ne devrions pas laisser Lola partir comme ça dans la forêt ! C'est dangereux !

— Maman ne t'inquiète pas, avec Orion, elle est en parfaite sécurité ! Crois-moi !

— Tu en es sûre ?

— Tout à fait ! Il va rejoindre ses amis ! Et puis Lola a l'habitude. Ce n'est pas la première fois qu'elle vient !

— Nous le savons bien, ma chérie, mais elle est malade !

— Papa, je t'ai déjà dit qu'il ne fallait pas voir Lola comme un être souffrant ! Tu ne fais que la fragiliser !

— Tu as raison ! Mais on s'inquiète !

— Je sais, mais faites confiance à Orion comme vous l'avez toujours fait ! Allez ! Mettons-nous au travail !

Après avoir nettoyé le passage, nous avons été faire quelques courses au village. Seule une petite épicerie était ouverte. Nous avons pu faire quelques provisions pour compléter ce que nous avions emporté. La place était déserte. Les quelques habitants nous étaient inconnus, sauf un…

— Lieutenant Halbasque ! Ah ah ! Vous êtes de retour ! Ah ah !

— Lieutenant Mattieu ? Enfin un visage connu !

— Et oui ! C'est bien moi !

— Vous n'avez pas changé !

— Vous non plus ! Me dit-il en se précipitant sur moi pour me serrer la main.

— Sauf que maintenant c'est Capitaine Halbasque !

— C'est vraiment chic à vous d'être venu nous voir ! Non ! mais dites-moi ! C'est pas possible ! Oh là, là ! Et ben mon vieux ! Si je m'attendais !

— Et, dites-moi, votre neveu, il est toujours avec vous ?

— Et non mon Capitaine, il est parti, comme tous les jeunes, il a rejoint la ville ! Tout le monde part ! Les jeunes surtout ! Vous vouliez le voir ?

— Oui, cela nous aurait fait plaisir ! Et il nous avait dit qu'il s'occuperait de notre terrain ! On a vu qu'il était un peu à l'abandon. Mais ce n'est pas grave. Ce qui est important c'est qu'il aille bien. Vous avez de ses nouvelles ?

— Oui, oui, ça va ! Et… qui est cette charmante jeune fille ? Non… c'est la petite ? Celle qui vous accompagnait la dernière fois ?

— Oui, c'est notre fille, Ayiana !

— Eh ben, elle a bien grandi ! Toujours avec ce drôle de matou ?

— Oui, vous le savez bien !

— Allez, passez un bon séjour ! Capitaine ! Ah ah ! Capitaine…

Le lieutenant Mattieu était toujours le même ! Il nous avait fallu du temps pour accepter ce ton si particulier. Lors de notre première rencontre, sur les lieux du « prétendu » accident de monsieur Lamorce, il avait été très condescendant ! Et puis, nous avions appris à le connaitre, jusqu'à s'en faire un allié. Son neveu, Édouard nous avait facilité les choses.

Nous sommes retournés sur notre propriété, la tête pleine de souvenirs. La forêt était presque irréelle. Elle nous accueillait amicalement sans rien demander en retour, diffusant ses sons et ses senteurs merveilleuses. Nous faisions des balades interminables sans rencontrer personne. Mais il n'était pas rare que nous soyons suivis par des petits habitants. De jeunes mammifères s'aventuraient, loin de leurs tanières, attirés par la curiosité. Ayiana, Orion et Lola couraient, sautaient, se roulaient dans l'herbe. C'était beau de les voir profiter ainsi.

Thomas nous régalait de sa cuisine créative. Il inventait chaque jour des recettes simples, mais délicieuses que nous savourions sous les arbres. Des amis d'Orion s'invitaient souvent à notre table. Écureuils, renards, marmottes, corbeaux et lagopèdes venaient sans crainte partager nos repas. Ayiana était ravie. Elle leur parlait et ils semblaient la comprendre et lui répondre.

Le soir, nous restions des heures à contempler les étoiles. Lola s'endormait dans nos bras. Elle était fatiguée, mais semblait heureuse. Ayiana lui fredonnait des berceuses. Parfois même, en la massant, elle lui racontait des histoires comme elle l'aurait fait avec une enfant. Elle était admirable !

Nous étions bien dans notre bulle, mais hélas, il fallait bien que cela se termine. Alors, au bout de quelques jours fantastiques et reposants, nous avons rangé la cabane de Marcel, pris soin de saluer les amis d'Orion et nous sommes partis en nous promettant de revenir très vite.

C'est la tête pleine de souvenirs, d'images merveilleuses d'Ayiana jouant dans les arbres, de la petite chienne courant derrière le doux matou sous la lueur angélique des arbres que j'ai repris le travail le lendemain.

Au poste tout était calme, en apparence du moins. Dès qu'elle me vit, Marie se précipita vers moi !

— Sophie ! Je suis désolée de te sauter dessus à ton arrivée, mais il faut que je te fasse mon rapport !
— Bonjour, Marie ! ça va ?
— Pardon, Sophie, je ne t'ai pas dit bonjour !
— Viens entre !

Elle entra dans mon bureau et s'assit… sur la chaise en face de moi ! Je m'attendais à ce qu'elle s'affale sur ma table de travail. Mais elle n'en fit rien.

— Ferme la porte, tu veux ?
— Oui, bien sûr ! Excuse-moi ! As-tu passé de bonnes vacances ? Tu as l'air en forme et très calme !

— Oui, je te remercie !
— Tu veux que j'aille te chercher un café ?
— Oui, je veux bien, merci !

Son comportement était des plus étranges. Mais je n'allais pas me plaindre. Elle était sur le point de me faire un rapport et ce que j'appelais « étrange » pour la femme que je connaissais était en fait un comportement plutôt normal ! Celui que je devais attendre d'un agent de la gendarmerie nationale ! Alors…

Elle revint tout sourire avec mon café, me le tendit, ferma la porte puis se rassit sur la chaise et me fixa.

— Je t'écoute !
— Voilà ! Les agents de l'INL ont remis leur rapport et comme tu sais, il est « négatif » ! Ils n'ont rien trouvé. Les enfants sont sauvés, mais nous n'avons pas pu choper les coupables.
— Oui hélas ! Et ? Tu sembles avoir autre chose à me dire, car ça je le savais !
— En effet ma belle ! Il y a deux jours de cela, nous avons retrouvé le corps de Kiran dans le port. D'après le légiste, il ne s'est pas seulement noyé. Tu as son rapport, là sur ton bureau.
— Que lui est-il arrivé ? Il avait bu ?
— Il a été drogué !
— Il avait donc un lien avec les kidnappings !
— Oui ! C'est ce que nous en avons déduit ! Et ce n'est pas tout !
— C'est qui nous ?

— En fait, je devrais dire, le lieutenant Michel, l'adjudant Bartan et moi avons pensé que nous devions retourner interroger Rachid, le propriétaire du pizza truck.

— Et que vous a-t-il dit ?

— En fait, on ne l'a pas vu !

— Pourquoi ?

— Il a disparu !

— Que veux-tu dire par « disparu » ?

— Nous avons effectué des recherches dans tout le département. Et rien ! Aucune trace ! Il n'est pas réapparu depuis plusieurs jours.

— À croire qu'il avait quelque chose à se reprocher lui aussi !

— C'est possible ! Voilà ! Et toi, raconte-moi tes vacances !

— Super reposantes !

— Je le vois bien ! En tous les cas, nous pouvons clore ce dossier, tu ne crois pas ?

— Je vais voir !

— La hiérarchie a demandé à ce que tu fasses un rapport. C'est assez urgent ! Et puis... nous pensons tous au poste que le dossier est clos !

— Ah oui !? Vous pensez tous que le dossier est clos ?

— Oui ! Nous avons eu une réunion vendredi et nous avons conclu qu'il n'y a plus rien à faire si ce n'est un rapport au colonel ! Allez ! Je te laisse travailler ! Tu as tous les éléments, là, sur ton bureau ! À plus tard ! Je te commande un sandwich pour midi ? On déjeune ensemble ? Comme d'hab ?

— Je te dis ça tout à l'heure !

— Ça me va ! À plus, ma belle !

Et voilà, je n'avais plus qu'à rédiger un beau rapport bien propre au colonel à la manière d'un gentil petit soldat. Affaire classée ! Mon amie redevenait mon amie et personne n'allait enquêter sur la mort d'un sans domicile fixe ! Tout bien considéré, qui s'en souciait ? Je dois dire que cela avait l'air de convenir à tout le monde. Pourquoi est-ce que cela me perturbait ?

Malgré ce sentiment de gêne, je fis mon travail. Le colonel fut satisfait et les mois qui suivirent furent assez calmes. Les températures de l'été 2049 atteignirent des records. En août, il arrivait que le thermomètre, sous abri, grimpe, sur la Côte, jusqu'à 45° Celsius, au milieu de l'après-midi.

J'en étais venue à me demander si les délinquants n'hésitaient pas à commettre des délits à cause de la chaleur. Mais ce ne fut malheureusement qu'une courte accalmie. En attendant, je pus en profiter quelque temps !

Quel bonheur que de pouvoir rentrer tous les soirs à une heure raisonnable afin de profiter de ma famille !

De plus, j'avais presque tous mes weekends ! Nous passions le plus clair de notre temps dans le jardin sous les arbres profitant de l'ombre qu'ils nous offraient. Nous invitions mes parents, ma tante ainsi que le frère de Thomas à prendre des déjeuners sous la tonnelle ronde en fer forgé à laquelle s'entrelaçait amoureusement la bignone grimpante orangée. Ce jardin fusionnait avec nous de jour en jour. Thomas et Ayiana, aidés par ma tante avaient appliqué les préceptes du Feng Shui. Notre maison et notre jardin étaient devenus de réels havres de paix, lieux magiques pour un réel bien être. Tante Sylvia nous avait enseigné que les règles primordiales de cet art millénaire chinois n'en restaient pas moins l'observation et la transformation de la nature. Elle nous avait guidés au cœur d'un jardin qui nous ressemblait ! Un jardin qui devait nous rapprocher de la nature d'où nous venons. Selon elle, cet espace devait nous permettre de nous ouvrir à une énergie naturelle retrouvée afin que nous puissions la communiquer et la partager.

Les oliviers supportaient bien la canicule et nous apportaient la paix. Les muriers majestueux ombrageaient l'allée magnifiquement bien. Quant aux arbres fruitiers, pêchers, cerisiers, abricotiers et amandiers, placés en secteur Terre, au Sud-Ouest du jardin, selon les conseils de tante Sylvia, étaient productifs, à l'instar du potager qui régalait toute la famille de ses légumes bio toujours présents dans la cuisine créative de Thomas. Sans oublier les plantes aromatiques et médicinales d'Ayiana qui parfumaient les plats et soignaient nos maux. La fontaine, entièrement sortie des mains magiques de Thomas, jouait une mélodie apaisante et propice à la méditation. Au centre triomphaient d'imposantes tulipes aux tons chauds. Je me souvins qu'en octobre,

Orion s'amusait à creuser avec ses petites pattes afin qu'Ayiana puisse y déposer les bulbes.

Notre fille grandissait. Elle s'épanouissait de jour en jour. Nous étions fiers, mais je ne pouvais m'empêcher de penser à son départ prochain pour le Canada. Chacun de ses anniversaires nous rapprochait un peu plus de ce jour où elle devait nous quitter.

En septembre 2050, elle fit son entrée en classe de seconde. Elle avait 11 ans !

Tante Sylvia lui avait appris tout ce qu'elle savait en matière de phytothérapie. Elle passait aussi beaucoup de temps à Thorenc, en forêt à soigner des animaux sauvages. Et malgré tout, elle excellait dans ses études.

C'est aussi cette année-là que l'homme de ma vie obtint la récompense qu'il méritait. Il fut enfin reconnu comme un élément important pour la galerie d'art par son patron qui décida d'en faire son associé. Toutes ces années, il avait su rester discret. Il nous avait fait passer avant sa carrière. C'était un père et un compagnon attentionné et aimant. Toutes ses souffrances étaient restées en arrière-plan. Il s'était toujours entièrement consacré à sa famille.

Ayiana et moi lui avions préparé une fête surprise pour sa « promotion ». Nous étions en novembre et avec le réchauffement climatique, force était de constater qu'il ne faisait vraiment pas très froid même le soir, dans le jardin. Alors nous avons cuisiné pour lui, à notre tour en son honneur, invité son frère, mes parents et dressé la table sous la tonnelle dans le jardin. Tout semblait nous sourire.

Je n'oublierai jamais cette soirée ! L'émotion était grande tant du côté de Thomas que du nôtre.

XII

L'éveil

Lundi 10 juillet 2051 - 7 h,

Ayiana ne s'était pas levée ce matin. Nous étions habitués à l'entendre, soit c'était parce qu'elle balbutiait tout doucement dans son berceau et plus tard, car elle se levait pour aller jouer avec Lola et Orion. Ensuite, tout doucement, lorsque nous avons emménagé dans cette maison, elle sortait par n'importe quel temps dans le jardin, suivie par ses compagnons. Depuis quelques années elle pratiquait le yoga puis elle nageait dans la piscine avant d'aller à l'école. Mais ce matin, je sentis tout de suite que quelque chose n'allait pas. Je me levais très vite pour aller la voir.

— Thomas ! Quelque chose ne va pas !

— Oui, tu as raison ! Je ne l'ai pas entendue se lever !

Lorsque nous sommes arrivés dans la chambre, Ayiana était encore dans son lit, mais lorsqu'elle nous vit, elle nous sourit.

— Ayiana, ma chérie, tu es malade ?
— Non maman, ne t'inquiète pas. Je suis un peu fatiguée, c'est tout !
— Est-ce que tu souffres ?
— Ce n'est pas grave ! J'ai un peu mal au ventre.

Thomas lui prit la température.

— Tu as 39 de fièvre ! Qu'est-ce que tu as ?
— Maman, il est temps de me préparer une infusion d'alchémille ! Tu veux bien ?
— D'accord ma chérie ! C'est la fameuse plante qui pousse chez tante Sylvia ?
— Oui maman, précisément ! Mais nous en avons aussi maintenant ! Tu sauras la reconnaitre ?
— Oui, bien sûr ! Et pour la fièvre ?
— Tu pourras rajouter de la reine des prés et j'irais beaucoup mieux, tu verras !
— Je te prépare ton infusion tout de suite !
— Merci papa, maman !
— Repose-toi ma chérie ! lui dit Thomas en l'embrassant.
— Thomas, je vais rester avec elle aujourd'hui. Je dois juste appeler Marie et lui donner quelques directives.
— Tu es sûre ? Sinon je peux m'arranger !
— Non, ça va aller !

— Papa, maman ! Ce n'est rien ! Vous pouvez aller travailler. Je ne suis pas malade !

Notre adolescente ne voulait pas que j'appelle un médecin. Elle disait que nous avions tout ce qu'il fallait dans le jardin pour la soulager, que ce n'était pas grave et qu'elle n'était pas malade. Je lui faisais confiance !

Mais comme elle venait d'avoir douze ans ! Je compris que le moment était venu !

Je désirais rester près d'elle ! Aujourd'hui et toujours… Je ne souhaitais pas qu'elle parte. Mais je savais que je ne pouvais m'y opposer. Alors cette journée, cette petite journée, je la voulais rien que pour moi toute seule !

Après avoir pris ses infusions, elle s'endormit. Orion dans ses bras et Lola à ses pieds. Je ne me lassais pas de les regarder. Je m'assis alors sur le tapis et me souvins des années de son enfance. Le passé, le présent, l'avenir… tout se percutait ! Comment allions-nous pouvoir vivre sans elle ? Comment seront nos matins sans le son de sa voix ? La maison… gardera-t-elle la mémoire de ses pas ? Vais-je entendre l'eau couler dans la salle de bain alors qu'elle ne sera pas là ? Est-ce que Lola la cherchera dans le jardin ? Sera-t-elle triste ? Recroquevillée, je m'endormis.

— Maman ?
— Oui ?

— Tu t'es endormie !
— Oh là ! Oui ! Comment vas-tu ?
— Beaucoup mieux !

Ayiana était un peu fatiguée, mais les plantes avaient fait leur effet.

D'après les instructions de Winona, nous ne devions pas attendre. Dès l'apparition des signes annonciateurs des 1ères règles, Ayiana devait la rejoindre.

Après avoir contacté la mère de Thomas, nous avons réservé un billet d'avion pour la ville de Regina au Canada. Départ le lendemain à 11 h !

Elle semblait heureuse de partir. Pour une adolescente, un tel voyage représentait l'aventure sans doute ! De plus, elle savait que ce moment arriverait. Nous l'avions préparée. Elle n'était pas effrayée. Au contraire, elle était même impatiente ! Pour nous, c'était tout le contraire. Nous étions anxieux. Et comme à son habitude, notre fille tentait de nous apaiser.

— Papa, maman, ne soyez pas tristes ! Je vais revenir ! Je vais passer quelque temps avec ma grand-mère ! C'est tout !
— Oui, ma chérie, répondit Thomas, nous le savons, mais tu vas nous manquer !
— Nous t'aimons ! Ne l'oublie pas ! balbutiai-je, la voix nouée.
— Maman, tu ne vas pas pleurer ?

Elle expliqua à Lola qu'elle devait bien prendre son traitement. La petite chienne avait l'air triste. Puis elle nous donna les instructions pour les soins à base de plantes.

Sans Ayiana la maison fut dépossédée de son âme. Les animaux du jardin s'étaient tous retirés. Plus un seul gazouillis ni battement d'ailes. Lola s'était mise à tourner en rond. Elle commençait par faire le tour du jardin puis elle entrait dans la maison afin de visiter toutes les pièces, une à une. Toujours dans le même ordre. Puis elle finissait par venir vers nous, le regard triste et interrogatif.

Les jours, les semaines et les mois qui suivirent furent monotones et rythmés par nos journées de travail. Thomas emmenait Lola à la galerie tous les matins. Il préférait la garder près de lui. Quant à moi, j'avais Marie… Notre amitié était comme une bouée de sauvetage. Nous parlions souvent d'Ayiana. Elle me questionnait. Je lui répondais et cela me faisait du bien. Son visage m'apparaissait. Je faisais défiler des photos de mon iPhone qu'elle avait vu des millions de fois. Ma partenaire les connaissait par cœur. Mais elle ne disait rien. Elle souriait en me rappelant à quel point ma fille était belle et intelligente. J'aimais bien ces moments.

Nous avions des nouvelles par Winona. Selon elle, la petite allait bien. Son initiation se passait à merveille, selon ses propres termes. Cependant, il ne nous était pas possible de lui parler. Cela compromettrait le déroulement de son apprentissage. Nous devions être patients. Mais combien de temps ?

Le 1er janvier 2052, Marie fut promue lieutenant ! Elle avait organisé une fête, sa propre fête, au poste, en son honneur ! Elle avait porté du champagne et des gâteaux ! Elle était heureuse !

En ce début d'année 2052, il y eut une recrudescence de la violence urbaine. Des rixes fréquentes, quasi quotidiennes, des heurts en marge de manifestations, des règlements de compte entre bandes rivales. La terreur était partout. Dans la rue, dans les foyers et même dans les écoles !

Un vent de folie venait de se lever. Tout le monde était réquisitionné. Mais malgré cela, nous manquions d'effectifs pour faire face à autant de violence. La ville était devenue un véritable champ de bataille ! Nous avions ordre de porter nos équipements complets anti-émeute toute la journée. De nouveaux véhicules blindés flambant neufs au design futuriste firent leur apparition ! Ils parcouraient les rues jour et nuit ! La population était effrayée !

J'étais épuisée physiquement et moralement. L'ambiance était malsaine.

De soi-disant Maîtres spirituels nous annonçaient la fin du monde pour demain. Pour eux, c'était inévitable : des cataclysmes allaient se produire. Le soleil pourrait exploser sous peu, la lune allait quitter son orbite d'ici 2 ou 3 ans !

Le climat était complètement déréglé. Les tempêtes étaient de plus en plus violentes. Les victimes d'inondations et de glissements de terrain se comptaient par milliers. Des incendies gigantesques dévoraient nos forêts. Le nombre de pays en conflit avait doublé en quelques semaines. Les virus emportaient de plus en plus de personnes. Au milieu de tout ce chaos, Thomas et moi vivions dans l'attente du retour d'Ayiana. Nous étions dans une bulle émotionnelle et que nous importait la fin du monde ! Ma tante et mes parents tentaient de nous remonter le moral. Mais comment le pouvaient-ils ? Alors qu'ils vivaient, eux aussi, dans la terreur.

Nous passions un peu de temps en compagnie de nos amis Marie et Cédric. Notre maison paraissait reprendre vie, quelques instants. Certaines fois, ils venaient avec leurs enfants. Alors Lola semblait heureuse… Le jardin renouait avec les couleurs, les sons et les senteurs !

Marie nous encourageait à parler d'Ayiana.

— Alors, dites-moi, comment vont la belle chamane et l'horrible chat noir qui la suit partout ?

J'adorais parler de ma fille. Cela me donnait la sensation qu'elle était un peu avec nous. Surtout que cela faisait plus de 6 mois que Winona ne répondait plus au téléphone. Nous laissant ainsi sans aucune nouvelle de notre fille.

Cependant, à cette question je répondais toujours la même chose.

— Ils vont bien !

Par ailleurs, les questions de Marie devenaient de plus en plus fréquentes voire même insidieuses. Lors d'un diner, elle devint particulièrement insistante.

— Vous savez en quoi consiste son truc, machin de chamane ? Enfin ce qu'elle doit apprendre au Canada ? ironisa-t-elle.

Thomas répondit.

— Ce truc machin comme tu l'appelles ma chère amie, est très sérieux !
— Oui, je n'en doute pas ! Mais c'est quoi exactement ?

Cédric prit délicatement le poignet de son épouse et s'excusa pour ses propos.

— Il faut pardonner à Marie. Elle n'est pas mauvaise, mais c'est sa façon de parler qui est quelque peu… spéciale !
— T'inquiète pas, nous la connaissons ! Rajoutais-je, en tirant mon équipière contre moi.

Thomas remplit nos verres, me sourit et reprit :

— Ayiana doit suivre des rites initiatiques comme s'isoler en forêt pendant quelques jours. Ce qui doit lui apprendre à survivre seule sous des températures glaciales. Le rituel du jeûne ainsi que la privation de sommeil font partie aussi des épreuves de passage. Ensuite, les anciens lui enseigneront des incantations.

— Et c'est quoi des incantations ?

— Je ne sais pas trop ! j'imagine que ce sont des chants ! Des formules à réciter !

— De la magie, en quelque sorte, non ?

— Pas nécessairement ! répliqua Thomas.

— Et tout cela pourquoi ?

Je répondis, en souriant malgré moi.

— C'est le destin d'Ayiana ! Devenir Chamane !

Mon amie poursuivit…

— Est-ce que c'est son choix ? À quoi cela va-t-il lui servir ?

— C'est en elle ! On ne choisit pas d'être chamane !

— Que veux-tu savoir, Marie ? Et pourquoi est-ce que cela t'intéresse autant ? demanda Thomas, d'un air inquiet.

— C'est fascinant je trouve. Pas vous ? Explique-moi encore ! Que fait un chamane ?

Thomas reprit son explication sereinement. Marie était avachie sur la table et ne cessait d'enrouler des mèches de cheveux autour de ses doigts. Son rouge à lèvre « rouge sang » commençait à déborder de ses lèvres pulpeuses.

Imperturbable, Thomas continuait ses explications :

— Le chamane a la capacité d'entrer en relation avec le monde des esprits afin de guérir les maux du psychisme et du corps des membres de la communauté. Il peut ainsi prédire l'avenir ou la qualité des récoltes et ainsi assurer la protection des siens.

— Que fera-t-elle à l'issue de sa formation ? Est-ce qu'elle reprendra ses études et une vie normale avec vous ? Ou est-ce qu'elle ira au Canada pour soigner les paysans et leurs chèvres et vivre dans un tipi ?

Calmement, je répondis :

— Nous l'ignorons !

— Vous ne savez pas ? Mais alors quel est le but de cette « escapade » ?

— Marie… nous faisons confiance à sa grand-mère pour l'avenir de notre fille !

— Ah oui, la vieille femme au loup ! Je vois ! Mais tout cela me parait un peu folklorique à moi ! Pas à vous ? Enfin, Sophie, tu es un flic, comme moi et les prophètes et tout ça… C'est un peu bizarre non ? Vous croyez à la magie ? Vous deux ?

Cédric intervint :

— Marie, ça suffit ! Tu vas trop loin !

— Désolée ! Mais je me fais du souci pour vous ! Pour toi Sophie. Tu es si triste depuis que ta fille est partie ! Je voulais t'aider. Mais tu sais comme je suis maladroite. Pardon, mes amis !

Je ne comprenais pas bien à quel jeu jouait Marie. Elle soufflait le chaud et le froid. Je pris sur moi de ne pas tenir compte de ses assertions. Cédric changea de conversation.

XII

Garfait

Antibes, dimanche 16 janvier 2056 - 7 h,

Être mère ! Que signifie être mère ? Est-ce différent pour chacune d'entre nous ? Que ressentons-nous ? Du bonheur ? De la souffrance ? Bien sûr j'ai été heureuse ! Souvent même ! Ayiana m'a apporté beaucoup de joie. Mais il y a toujours un mais… n'est-ce pas ? Toutes les mères le savent. Nous souffrons en mettant au monde nos enfants. Nous les regardons dormir, respirer, grandir, vivre. Nous faisons tout pour qu'ils soient bien. Ils deviennent notre raison de vivre ! Nous voulons leur bonheur. Ils nous défient souvent ! Nous tentons de les comprendre. Ils nous font douter parfois. Nous nous posons des tas de questions. Nous ne sommes pas toujours sûres de bien faire. Est-ce le bonheur ou un peu d'enfer ?

Une année s'était écoulée depuis le retour d'Ayiana. Une année seulement ! Et ce matin, elle nous annonçait qu'elle était prête ! Prête pour un nouveau départ !

Elle s'est levée ce matin, rayonnante. Elle nous a embrassés et nous a annoncé son intention de repartir. Son destin, elle le voit loin de nous. Pourquoi ? Pourquoi ?

— Maman, papa, je vous aime ! Aujourd'hui, je dois partir.

Nous nous en doutions depuis son éveil au Canada, mais nous pensions que ce jour arriverait beaucoup plus tard et que nous y serions préparés. Mais quels parents sont prêts à voir s'éloigner leur enfant ?

J'aurais aimé avoir une réaction digne, sereine. Mais quelque chose en moi a déraillé. Je ne reconnus plus ma voix. On aurait dit celle de ma grand-mère lorsqu'elle a commencé à perdre la tête !

— Tu n'es pas prête ! Et où vas-tu aller ? Et pourquoi aujourd'hui ?

Thomas me prit contre lui et je ne pus retenir mes pleurs. Mon émotion était trop forte. Au lieu de prendre ma fille dans mes bras, de la serrer très fort, je ne pensais qu'à lui dire d'aller dans sa chambre. Souffrance, douleur, amour, colère, et peur aussi pour sa sécurité… tout s'enchevêtrait dans mon corps bouillonnant. Mon esprit de flic reprenait le dessus. Je hurlais de l'intérieur.

— Maman, c'est ma vie !

Ayiana se joint à nous. De ses mains douces, elle essuya mes larmes puis elle plongea ses magnifiques yeux clairs dans les miens.

— Je vous aime ! Vous savez, moi aussi j'ai de la peine de vous quitter, mais vous resterez toujours dans mon cœur. Nous sommes liés tous les trois. Je suis vous, vous êtes moi. Tout ce que je vais vivre et accomplir, c'est grâce à vous deux. Vous avez œuvré pour que ce jour arrive. Ne soyez pas triste !

Thomas nous embrassa toutes les deux. Tour à tour, il caressa nos visages. Des larmes coulèrent sur ses joues. Nous étions blottis les uns contre les autres.

— Je vous aime tellement toutes les deux.

La chaleur de ses mains et la douceur de sa voix donnèrent le ton à ce moment d'amour.

En une phrase et un geste merveilleusement simple, Thomas venait de nous rassurer comme il avait toujours fait. Cet être formidable qui partageait ma vie n'était pas une mère. Non ! Mais un compagnon chaleureux, aimant, compréhensif et un père incroyable. Cet homme que j'ai aimé dans ma tête lors d'un voyage onirique. Sans doute pour une raison précise est quelqu'un de bien. Et bien plus que cela. J'ai toujours cru en lui et cela même dans les moments difficiles. Même lorsque les circonstances étaient contre lui. L'intuition… voilà le secret ! Suivre son intuition. Aujourd'hui, il n'avait pas besoin de faire de discours. Non ! Il savait que nous devions laisser partir notre fille. Elle avait un destin à accomplir. Il était encore dans ma tête. Je le sentais ! Tout ce chemin parcouru pour en arriver à ce jour. Depuis le massacre du campement. Son enlèvement… est-ce que tout était programmé ? Le tremblement de terre de la région PACA ? Notre rencontre ? Mon retour en 1990.

Quel était le rôle d'Ayiana ?

— Maman, papa ! Vous voulez nous accompagner ?

— Bien sûr ! Mais où devons-nous t'accompagner ? demanda Thomas en guidant Ayiana vers le canapé.

— Vous n'avez pas compris ?

— Explique-nous ma chérie !

— Orion part avec moi. Nous allons à Garfait !

— Pourquoi Garfait ? Qu'y a-t-il à Garfait ?

— Le passage !

— Le passage ?

— Le village n'existe pas ! Pas comme vous l'entendez du moins. Il s'est matérialisé à un moment précis pour une raison précise. Et depuis, sur notre terrain, un portail s'ouvre à chaque nouvelle lune. Qui comme vous le savez se répète tous les 29,531 jours. Lorsque vous aurez quitté Garfait, après m'avoir accompagnée, il disparaitra ! Et cette fois-ci pour toujours !

— Mais je pensais que tu retournais chez ta grand-mère Winona au Canada !

— Non ma petite maman ! Grand-mère Winona devait me préparer pour ce jour. Je suis devenue chamane grâce à elle ! Maintenant je dois accomplir ce pour quoi je suis née !

— Et Orion ? demanda Thomas.

— Orion m'attendait. Il vient de Garfait n'est-ce pas ? Il est venu au monde dans ce but, pour moi ! Nous avons une mission à accomplir, tous les deux.

— Quelle est cette mission dont tu nous parles ?

— Nous devons en premier lieu retrouver les nôtres. Ils nous attendent. Tant de choses doivent être changées dans ce monde. Ne voyez-vous pas ?

— Oui évidemment ! Mais une petite fille et un chat ne peuvent pas changer le monde.

— Ma maman chérie, tu sais très bien que je ne suis pas une petite fille. Et ce chat n'est pas un chat ordinaire ! Tu dis cela encore une fois pour essayer de me retenir. Le but de ton travail de toutes ces années, n'a-t-il pas été de tenter d'améliorer la société ? C'est pourtant ce que tu as fait ! Mais tu ne l'as pas compris ! Tu as sauvé beaucoup de gens, mais tu ne t'en es pas rendu compte. Tu es mon héros ! Tu es forte. Si forte ! Une femme formidable. Tu es mon modèle. Je t'ai toujours admirée.

— Elle a raison, mon amour. Elle est notre fille. Cette enfant extraordinaire. Ne nous voilons pas la face. Depuis qu'elle est enfant, elle nous a prouvé qu'elle était capable de bien des choses. Mais c'est une femme à présent !

« Explique-nous ce que tu entends par mission !

— Maman, tu te souviens de ce rêve que tu as fait, au cours duquel tu as rencontré des esprits de chamanes venus de différents continents ?

— Oui, naturellement !

— Eh bien, je dois les rejoindre afin de discuter de la manière dont nous allons procéder afin de ramener l'équilibre.

— Encore une fois, je trouve que cela est très ambitieux et terriblement difficile pour une jeune fille.

— Je suis d'accord avec toi et c'est pour cela qu'il a fallu autant de temps afin de mettre en place un plan. Cela a pris plusieurs décennies. Il comprenait la réunion de personnes de nombreux pays. De fréquents rassemblements, des discussions sans fins et des naissances de compagnons comme Orion ont été nécessaires. De même que la découverte ou la création de lieux de passage comme Garfait avec des évènements marquants. Des rencontres comme la vôtre pour en arriver à ma naissance et enfin mon apprentissage !

— Tu veux dire que tout ce qui est arrivé faisait partie d'une sorte de plan ?

— Oui, c'est exact. Mais ne sois pas offusquée. Ce n'est pas un « plan machiavélique ». Vous n'avez pas été manipulés comme tu peux l'imaginer !

— Mais que va-t-il se passer maintenant ?

— Ma petite maman… le monde s'est déconnecté de la nature. Nous devons intervenir rapidement. Les conséquences sont désastreuses. Nous sommes au cœur d'une crise climatique. Tu le vois bien !

— Tu veux parler des phénomènes climatiques ?

— Oui, sans oublier les virus, la recrudescence de la violence, etc. Te rends-tu compte que nous allons vers la catastrophe ? Et très rapidement !

Thomas prit la parole :

— Mais que peuvent faire des chamanes face à des problèmes aussi importants ?

Ayiana se leva. Elle était magnifique et passionnée. Les années passées auprès de sa grand-mère avaient fait d'elle une vraie femme. Très sûre d'elle, elle nous fit un exposé d'une justesse éblouissante.

— Mes parents, je vous aime énormément et je dois vous dire que si nous ne prenons pas conscience et ne faisons rien pour ce monde, à la veille d'une dévastation écologique voire même d'une extermination biologique, il mourra ! Notre société est au cœur d'une tempête sans précédent. La plupart des gens ont coupé le lien qui unissait nos ancêtres avec le monde animal, végétal et minéral. Ils ne savent plus comment entretenir une bonne relation avec tous les êtres vivants qui nous entourent. C'est en partie parce qu'ils sont déconnectés de leur propre corps, déconnectés les uns des autres, déconnectés de la nature.

— Comment les chamanes peuvent-ils « soigner » notre monde ? Je ne sais pas ma chérie si j'emploie le bon mot, mais c'est parce que je tente de comprendre !

— Maman, tu l'as constaté toi-même. La violence est partout. Tu la côtoies au quotidien.

— C'est vrai ! Tu as raison !

— Nous traversons une crise mondiale par manque de spiritualité. Nous avons des religions organisées, mais elles sont devenues très fondamentalistes. Vous vous rendez compte que dans de nombreux pays on a mis fin à la spiritualité indigène pourtant pertinente en tuant des chamanes ! Et que dire de ces femmes qui avaient la connaissance des plantes médicinales et que l'on nommait « sorcières » ? Tous les guérisseurs ont pratiquement disparu.

— Ayiana, ce que tu veux nous dire… c'est que… enfin je crois avoir compris, c'est que toi et tes… « Amis » vous allez sauver le monde en reconnectant les humains au monde végétal, animal et minéral et l'ouvrir à plus de spiritualité ?

— C'est un peu ça, mon papa ! Tu as compris !

— Mais comment ? Comment allez-vous faire ?

— Je n'ai pas le droit de vous le dire !

Nous étions à la fois impressionnés et inquiets. Nous ne savions pas exactement ce qu'il allait se passer pour elle, pour nous, pour notre monde ! Allait-elle réussir à changer les choses ? Est-ce que nous allions revoir notre fille ? Est-ce que tout cela n'était qu'un mauvais rêve ? Nous devions faire face à la réalité ! Mais est-ce que ce mot était bien choisi ? De quelle réalité ? Je ne savais plus ! Tout ceci avait-il un sens ? Je regardais autour de nous : notre maison, notre jardin. Tout cet univers merveilleux dans lequel je pensais vivre encore quelques années dans l'insouciance avec ma famille avait déjà commencé à s'effondrer. Mais comment l'accepter ?

— Est-ce que tu veux que je t'aide à préparer tes affaires ? Lui demandais-je la gorge serrée.

— Non, c'est gentil maman, c'est déjà fait ! Regarde j'ai mon sac.

— Mais c'est tout ce que tu emportes ?

— Là où je vais, je n'ai besoin de rien. Ne t'inquiète pas ma petite maman.

Ayiana était rayonnante, comme toujours. Son unique bagage était un petit sac de sport sur lequel se tenait fièrement Orion. En effet, le moment était arrivé ! C'était évident !

Lola était couchée à ses pieds, le regard larmoyant. Depuis quelques jours, elle était épuisée. Nous venions de fêter ses dix-huit ans. Notre fille avait toujours pris soin d'elle. Mais aujourd'hui, elle n'avait plus la force de combattre son cancer. Nous savions qu'elle allait nous quitter… elle aussi.

— Maman, papa… nous allons prendre Lola avec nous !

— Pourquoi ? Objecta Thomas !

— Il est temps que son esprit quitte son corps. Cette enveloppe qui l'a fait tant souffrir.

— Elle part avec toi ?

— En quelque sorte, oui ! Nous prendrons le temps de lui dire au revoir dignement à Garfait.

— Mais elle est en vie ! rétorqua Thomas.

— Oui, je sais, mais elle ne veut plus souffrir.

— Elle te l'a dit ? m'assurais-je.

— Oui ! Cette nuit nous en avons parlé. Elle souhaite quitter ce corps.

— Que t'a-t-elle dit d'autre ? poursuivit Thomas.

— Maman, papa, elle vous aime très fort ! Vous avez été des amis sincères. Elle est consciente que vous l'aimez et elle demande que vous la laissiez partir.

— Nous respecterons son choix, lui dis-je en caressant le poil soyeux de la petite golden.

Depuis quelques jours, en effet notre merveilleuse amie se déplaçait avec difficulté. Ayiana faisait tout ce qu'elle pouvait pour soulager ses douleurs. Le vétérinaire nous avait conseillé de ne pas trop attendre. Elle gémissait la nuit. Orion restait près d'elle et calmait ses souffrances en posant sur elle ses petites pattes. Alors, elle s'endormait paisiblement. Mais il était temps… Notre fille avait raison ! Le moment était venu de la laisser partir.

Quelle triste journée ! Il faisait terriblement frais ce matin de janvier 2056.

Ayiana était d'une grande beauté dans son manteau blanc ! Son éblouissante chevelure fauve reflétait tant la lumière du soleil qu'elle présentait l'hallucinose d'une aura. Ses yeux animés par la perspective d'un projet sur le point de se concrétiser émettaient une lumière vive et lui donnaient une allure de Déesse.

Le givre avait recouvert le jardin. L'eau de la fontaine s'était figée formant des petites stalactites. Je fermais la porte de la maison et je pensais qu'elle ne serait plus désormais la maison du bonheur, mais bien celle de la tristesse. Plus d'enfant… plus d'animal… juste mon bien-aimé et moi. Thomas prit Lola dans ses bras. Il avait pris soin de l'envelopper chaudement dans une couverture à carreau. Celle-là même que nous avions partagée chez tante Sylvia en 2037. Nous étions blottis l'un contre l'autre, tentant de nous réchauffer tendrement, en admirant la magie de la nature. Nous l'avions gardée en souvenir de ce merveilleux moment ! Elle aura aujourd'hui une autre fonction, tout aussi importante. Emmitoufler un être cher pour le conduire vers un autre Monde.

Nous sommes partis rejoindre Garfait. À l'arrière de la voiture, Lola sommeillait dans les bras d'Ayiana. Elle la caressait tout en chantonnant. Orion était blotti contre elle comme pour lui tenir chaud.

Nous étions presque arrivés et Thomas au volant semblait inquiet. Il ne cessait de jeter des regards dans les rétroviseurs.

— Thomas ? Est-ce qu'il y a un problème ?
— Je ne sais pas encore.
— Tu regardes sans arrêt à l'arrière !

— Non, ce n'est rien ! Ne t'inquiète pas ! Je crois que je me fais des idées !

— Non, papa, tu as raison, nous sommes suivis ! lui dit calmement Ayiana.

— Qui nous suit ? demandais-je en me retournant.

Je reconnus la silhouette d'un véhicule de type anti-émeute de nos forces. Mais que faisait un blindé sur cette route ? Et surtout… pourquoi nous suivait-il ?

— « Ils » nous suivent ! Mais ce n'est pas un problème.

— Ayiana, tu sais qui ils sont ?

— Oui ! Ceux qui veulent nous empêcher d'accomplir notre mission !

— Mais pourquoi ? Je m'inquiétais !

— Parce qu'ils ont trop d'intérêt dans la violence de ce monde. L'argent, la cupidité dictent leurs actes. Ils veulent nous détruire. Mais pas cette fois ! Aujourd'hui nous sommes prêts ! Ils ne pourront rien faire pour nous arrêter !

— Comment savent-ils pour toi, pour nous ? C'est à cause de moi ? De mon travail ?

— Ce n'est pas important ! Ne vous inquiétez pas ! Orion va s'en charger.

— Que peut-il faire contre ce type de véhicule ? Contre ceux qui détiennent le pouvoir !

— Tu ne dois pas voir les choses ainsi !

Orion se posta sur la planche arrière de la voiture. Ses grands yeux dorés s'assombrirent jusqu'à s'emplir d'une encre d'un noir profond. La montagne se mit à gronder et d'énormes rochers roulèrent depuis le sommet à toute vitesse et vinrent se poser tranquillement sur la route barrant ainsi le passage à tout véhicule. La route devint impraticable même pour un char d'assaut.

— Et voilà le travail ! s'esclaffa Ayiana.

C'était incroyable ! Ce petit être était incroyable ! Sa magie était si puissante.

Ce qui venait de se passer était étonnant. Cependant, au point où nous en étions, je n'ai pas jugé utile de questionner Ayiana ! Nous avons continué notre route. Par contre, Thomas considéra que le moment était bien choisi pour faire la conversation.

— La région est encore plus belle que dans mes souvenirs ! Nous aurions dû venir plus souvent. Tu ne crois pas ma chérie ?

Et moi de lui répondre, calmement !

— Tu as raison ! Mais le temps passe si vite ! Qu'avons-nous fait toutes ces années ?

Notre fille répondit :

— Vous avez fait de votre mieux mes parents adorés. Vous avez pris soin de moi, d'Orion et de Lola. Vous ne vous rendez pas compte à quel point cela est important !

Au fur et à mesure que nous approchions, mon cœur se serrait. Je n'avais qu'une seule pensée. Qu'allions-nous devenir sans Ayiana ?

Nous venions de passer le panneau « Bienvenu à Garfait » ! J'aurais aimé que nous puissions faire demi-tour ! Mais notre destin était scellé ! Je ne savais plus quoi dire, quoi penser. Ce que nous nous apprêtions à faire était de la pure folie ! Je ne pouvais contenir mes larmes. L'émotion était trop forte. Et les mots sortirent tous seuls, une fois de plus :

— Ayiana, ma chérie… tu es sûre ?
— Maman, ne pleure pas ! Tu connais ma réponse !
— Ce que tu nous demandes de faire est impossible !

En prononçant cela, je me tournais vers Thomas, des larmes coulaient de ses joues rouges et chaudes. Il ne disait plus rien.

C'était une belle journée, ensoleillée, mais fraîche. Thomas avança la voiture sur le terrain près de la cabane. Nous étions sur le point de sortir du véhicule et…

— Papa, maman, j'ai besoin de la clé de la cabane, s'il vous plait !
— Pourquoi ? Que veux-tu faire ? demanda Thomas.
— Je dois aller chercher une pelle !

Je compris alors que la douce Lola s'était endormie paisiblement pour toujours.

Nous avons mis en terre le corps de notre merveilleuse amie près d'un chêne blanc. De légers flocons de neige vinrent recouvrir lentement l'amas de terre de la sépulture. Les amis d'Orion sortirent de la forêt et se joignirent à nous. Agenouillée, Ayiana se mit à fredonner une berceuse et les animaux entonnèrent de subtils ronronnements, claquements, gazouillis, babillements et petits cris.

Puis elle se leva et nous sourit.

— Papa, maman, il est temps pour nous de vous quitter !

Elle nous serra tous les deux contre elle et nous embrassa.

— Je vous aime tellement ! Je dois partir malgré tout ! Et n'oubliez pas… lorsque je serai partie, Garfait disparaitra !

— Est-ce qu'on te reverra ? dis-je d'une voix blanche.

— Vous êtes dans mon cœur pour toujours. C'est cela qui compte.

— Ma fille, mon amour, nous t'aimons et nous t'attendrons.

— Je sais papa, je sais !

L'extraordinaire petit chat noir se jeta dans nos bras, tour à tour, se frotta à nos visages puis il rejoignit sa protégée en sautillant.

Elle ramassa son petit sac de sport, nous fit un signe de la main et se dirigea vers la forêt. La neige se mit à tomber de plus en plus fort effaçant, peu à peu l'image de leur éloignement jusqu'à la transformer en mirage.

Nous sommes restés, Thomas et moi, assis sur un tronc d'arbre, une heure peut être deux, je ne sais plus, à contempler la rivière, la forêt… Espérant peut-être que notre fille change d'avis. Où que tout ceci ne soit qu'une illusion.

Je regardais l'homme de ma vie. Ses boucles cendrées s'étaient éclaircies avec le temps. Mais elles étaient toujours aussi magnifiques que le premier jour où je les avais remarquées. Elles lui tombaient encore sur le regard ! Il était toujours aussi beau !

Nous étions seuls, tous les deux. Unis à jamais dans le chagrin. Nous sommes rentrés chez nous, sans un mot. La pression était trop forte.

Soudain, mon bien-aimé brisa le silence.

— Sophie Halbasque ! Veux-tu m'épouser ?

ISBN : 978-2-9576095-8-1
Dépôt légal : Mars 2023
Imprimé en France
meteora@monaco.mc
www.meteora.me

Achevé d'imprimer en Mars 2023 par
ROUDENNGRAFIK